*Chère lectrice,*

Ce mois-ci, votr ose quatre histoires pl té, quatre romans à s me temps que les pren soleil…

Dans *Tendres ennemis* (n° 2111), vous découvrirez la romance de Shane et Mariah qui, comme Roméo et Juliette, appartiennent à des familles ennemies… Un obstacle auquel ils vont se heurter très vite quand, après une nuit de passion dans les bras de Shane, Mariah s'aperçoit qu'elle est enceinte… Brandon, lui, a décidé qu'il en avait fini avec l'amour depuis la mort de la femme qu'il aimait. Mais c'était sans compter sur l'intervention de Kristy, sa fille de huit ans, qui a tout prévu pour le remarier ! (*Un amour de papa*, n° 2112). Jennifer, quant à elle, ne sait comment aborder Trace quand elle le revoit après huit ans de séparation. La seule chose dont elle est sûre, en tout cas, c'est qu'elle est toujours amoureuse de lui… (*Emouvantes retrouvailles*, n° 2113). Enfin, dans *Une charmante baby-sitter* (n° 2114), vous verrez que Max, malgré ses airs bougons, est bien content quand la jolie Carla vient l'aider à s'occuper de ses jumeaux de quatre ans !

Bonne lecture,

***La responsable de collection***

# Emouvantes retrouvailles

JILL LIMBER

# Emouvantes retrouvailles

COLLECTION HORIZON

*éditions* Harlequin

*Cet ouvrage a été publié en langue anglaise*
*sous le titre :*
THE SHERIFF WINS A WIFE

*Traduction française de*
ANNIE LEGENDRE


83-85, boulevard Vincent-Auriol, 75013 PARIS — Tél. : 01 42 16 63 63
Service Lectrices — Tél. : 01 45 82 47 47
ISBN 978-2-2801-4530-5 — ISSN 0993-4456

# 1.

Jennifer Williams s'efforçait désespérément de ne pas respirer par le nez.

Elle n'était pas allée à la foire du comté de Blossom depuis huit ans et elle avait oublié à quel point la grange réservée à l'exposition des animaux de la ferme pouvait sentir mauvais au moment le plus chaud de la journée.

Jadis, ni sa sœur ni elle n'avaient été autorisées par leur mère à participer aux activités de plein air organisées par leur école. Ellen Williams avait décrété qu'une fille Williams ne saurait en aucun cas s'abaisser à nettoyer la litière d'un animal ou à le nourrir.

Des années plus tard, postée devant l'enclos étroit et malodorant dont sa nièce avait la responsabilité, Jennifer se demandait si, dans ce domaine en tout cas, sa mère n'avait pas eu raison.

Pétunia la truie était large, rose et particulièrement ronchonne. Du point de vue de la jeune femme, c'était même un cauchemar de trois cents kilos… Quand en verrait-elle la fin ?

Ce n'était certainement pas ainsi qu'elle avait envisagé de passer son été.

Mais quand sa sœur aînée, Miranda, qui vivait une grossesse plutôt difficile, l'avait appelée trois jours plus tôt pour lui demander un coup de main, Jennifer avait aussitôt avancé ses vacances, fait ses bagages et ceux de son fils Zack.

La jeune femme avait quitté Blossom à la fin de ses études secondaires et, en dehors de brèves visites pour voir sa sœur et enterrer sa mère, elle n'y était pas revenue. Elle y avait laissé trop de mauvais souvenirs…

Pétunia eut un glapissement strident, tirant brutalement Jennifer de ses rêveries. Elle reporta son attention sur la truie, qui s'était mise à tourner sur elle-même, renversant au passage sa gamelle d'eau. La dernière chose dont Jennifer avait envie, c'était bien de mettre les pieds dans une litière qui empestait les déjections les plus diverses. Hélas, Kelly et Zack étaient partis chercher des boissons, la laissant seule pour attendre la visite du responsable pédagogique du stand…

La jeune femme était contente que son fils

prenne un peu d'indépendance. Malgré sa surdité, ou plutôt à cause d'elle, il était important qu'il acquière son autonomie. D'ordinaire, il était toujours réticent à quitter ses jupes. Aussi, à la moindre velléité, Jennifer l'encourageait. Elle aurait seulement souhaité que sa nièce manifeste plus d'enthousiasme dans l'apprentissage du langage des signes. Cela l'aurait grandement aidée à communiquer avec son cousin.

Pétunia se mit à couiner de plus en plus fort en poussant du groin sa gamelle vide. On aurait dit qu'elle subissait d'horribles sévices !

Kelly n'était toujours pas en vue, et Jenn se résigna à entrer dans l'enclos pour donner à boire à l'animal. Elle n'avait jamais élevé de cochon mais elle savait, pour avoir grandi à Blossom, au cœur du Texas, qu'un animal déshydraté, et spécialement une truie pleine, pouvait tomber gravement malade.

L'ennui, c'était que Pétunia, qui détestait être enfermée, était devenue une virtuose de la fugue. Jenn fouilla le sac de toile de Kelly à la recherche de biscuits pour chiens et en glissa quelques-uns dans sa poche. Puis elle en jeta une pleine poignée dans le box, à l'opposé de la porte.

Pendant que la truie fourrageait la paille de son

groin, la jeune femme se faufila dans l'enceinte empuantie et referma la barrière derrière elle.

Et, juste au moment où elle se félicitait de son habileté, elle glissa sur un tas de fiente caché sous la paille et tomba dans la litière souillée. Pétunia en profita aussitôt pour venir flairer la poche de son pantalon blanc, le maculant de salive et de biscuit écrasé.

Jenn entendit un rire grave rouler en cascade dans son dos et se figea sur place. Sans même se retourner, elle savait à qui appartenait ce rire. Trace McCabe. La seule personne qu'elle avait espéré ne pas rencontrer pendant son séjour à Blossom !

Le souvenir de sa bouche généreuse ouverte sur un rire communicatif traversa son cerveau comme un flash. Et avec lui, le souvenir du mal qu'elle lui avait fait…

Trace McCabe. L'homme à cause de qui elle avait quitté Blossom huit ans plus tôt.

Elle ne l'avait pas revu depuis le soir où ils s'étaient mariés.

Comment avait-elle pu croire que le hasard ne les mettrait pas en présence l'un de l'autre pendant tout un été !

Elle respira à fond et, se retournant vers l'intéressé, arbora un air parfaitement impassible. Au même moment, prise d'une frénésie soudaine, Pétunia fonça sur elle.

La jeune femme se voyait déjà finir lamentablement ses jours sous les sabots fourchus d'une truie en folie quand deux mains la saisirent énergiquement sous les aisselles et, la soulevant, la firent passer par-dessus la barrière de l'enclos.

Tournant la tête, elle capta un changement dans le regard de son sauveur au moment exact où il la reconnut. Le sourire de Trace se transforma en expression de stupeur.

De dangereuses émotions assaillirent Jenn. Il était plus grand, plus séduisant que dans ses souvenirs. Et pourtant tellement familier. C'était comme si le temps l'avait épargné. Ou plutôt, l'avait bonifié, comme on le dit pour les bons cépages. L'uniforme kaki de sa fonction mettait en valeur son corps aux larges épaules et aux hanches étroites.

Le cœur de la jeune femme s'affola, comme lorsqu'elle avait dix-sept ans.

Sur le visage de Trace, l'étonnement laissa bientôt place à la colère. Mais, se ressaisissant, il lui adressa un sourire forcé, qui paraissait ne pas faire partie de son visage hâlé.

Entre eux, l'air se mit à vibrer.

— Bonjour, Trace.

Le souffle court, la jeune femme songea un instant à courir jusqu'à sa voiture. En roulant vite, elle pouvait atteindre la maison de famille et s'y enfermer à double tour avant que Trace n'ait pu la rejoindre…

Elle se reprit. Pas question de fuir, cette fois.

Et si elle essayait de faire comme s'ils s'étaient quittés bons amis ?

Elle sourit de nouveau, d'un petit sourire crispé.

— Comment vas-tu ?

Trace recula d'un pas, en serrant les dents.

Quand il était entré dans la grange après son service et qu'il avait aperçu la femme dans l'enclos du cochon, il n'imaginait pas que cela pouvait être… *elle*. Elle portait des vêtements de sport chics, sa coupe de cheveux ne venait pas du coiffeur du coin et ses pieds élégamment chaussés de sandales à talons n'avaient pas leur place dans le fumier.

Tout le monde savait à Blossom qu'il fallait des bottes pour se rendre dans un tel endroit.

La jeune femme avait beaucoup changé en huit

ans. Son corps s'était aminci et ses cheveux, qui lui tombaient autrefois jusqu'aux reins, étaient courts et ébouriffés d'une manière à la fois drôle et piquante.

Après tout ce temps où il n'avait cessé de penser à elle, à ce qu'elle était devenue, cela lui paraissait étrange de la voir devant lui, lui souriant d'un air aimable, comme s'il ne s'était rien passé entre eux.

Un flot de colère le traversa.

Retirant son chapeau, il se passa la main dans les cheveux.

— Bonjour, Jenn. Quel bon vent t'amène ?

Il tâchait de se mettre au diapason. Après tout, si c'était comme ça que la jeune femme voulait jouer la scène des retrouvailles, pourquoi pas. Cela lui donnait le temps de réfléchir à la suite des événements. Et surtout, de reprendre contenance. Il était si bouleversé ! Où était passé son calme légendaire ?

Trace s'aperçut qu'il tapait rythmiquement son chapeau sur sa cuisse et il interrompit son geste.

Seuls les yeux de Jennifer n'avaient pas changé. Ils étaient toujours de cette belle couleur d'ambre liquide. De la même nuance chaude que les boucles d'oreilles de topaze qu'il lui avait rapportées de Denver quand il avait appris qu'elle était partie. Trace conservait ces boucles dans un tiroir de sa penderie. Elles lui servaient à se rappeler son manque de jugeote à l'égard des femmes chaque fois qu'il changeait de cravate.

Elle haussa ses épaules bronzées dégagées par sa robe bain de soleil et expliqua :

— Miranda avait besoin de mon aide cet été. Alors j'ai décidé de passer mes vacances à Blossom.

Trace savait que la jeune femme était restée à Dallas après ses études universitaires. Dans une ville aussi petite que Blossom, il n'avait pas besoin de demander de nouvelles pour en avoir. Entre le bien nommé café de La Ruche, le salon de thé et l'Alibi Bar, on pouvait faire le tour de la gazette locale en une journée.

Il montra du doigt les jambes nues de son interlocutrice.

— Jamais je n'aurais imaginé te revoir dans un enclos à cochons. Même dans mes rêves les plus fous.

Jenn eut un petit sourire tendu.

— Maman s'est probablement retournée dans sa tombe. Mais tu connais Miranda. Elle a toujours adoré le côté rural de notre bonne ville de Blossom.

Oh ! Trace se rappelait parfaitement la mère de Jenn. Ce n'était pas une femme d'abord facile. La sœur de Jenn s'était battue bec et ongles pour son indépendance, mais Jennifer s'était toujours pliée aux quatre volontés de cette femme dure pour elle et pour les autres. Y compris quand elle lui avait demandé de rompre avec lui.

Huit années plus tôt, il lui en avait terriblement voulu. Mais il avait suffisamment mûri pour comprendre que Jenn *aussi* avait sa part de responsabilité. L'idée de l'annulation du mariage revenait peut-être à Mme Williams, mais Jenn ne s'y était pas opposée. Elle n'avait jamais répondu ni à ses lettres ni à ses appels téléphoniques. Et elle n'avait jamais donné signe de vie.

Pourtant, en garçon bien éduqué, Trace dit ce qu'il fallait dire dans de telles circonstances.

— J'ai été désolé d'apprendre sa disparition.

Le sourire de Jenn vacilla.

— Merci.

Ils restèrent immobiles et silencieux quelques longues secondes. Il attendait tellement de réponses. Des réponses qui auraient permis de mettre fin à cette attente qui, sans même qu'il en eût conscience, le rongeait depuis huit ans.

Les glapissements de la truie le ramenèrent à la réalité. Ce n'était ni le lieu ni le moment pour mettre son âme à nu.

— Alors, tu vas rester en ville quelque temps ?

— Le temps de la foire de Blossom. Miranda doit rester allongée jusqu'à la naissance du bébé. Je dois m'occuper de Kelly et de cette charmante bestiole.

La mine dégoûtée, elle désigna Pétunia, de nouveau occupée à pousser du groin sa gamelle.

Trace se demanda si c'était dur pour Jennifer de voir sa sœur enceinte. Si cela la faisait penser à l'enfant qu'ils avaient perdu, cet été qui avait suivi son bac. Elle avait peut-être réussi à faire son deuil de tout ça ; quant à lui, cette histoire dont le livre n'avait pas été refermé continuait à le hanter.

Se penchant par-dessus l'enclos, il réussit à attraper la gamelle au moment où la truie passait à sa portée. Il la tendit à Jenn.

— Il faut que j'y aille. Tu restes ici ?

La jeune femme opina, les yeux rivés sur le

récipient de métal, comme si ce spectacle la fascinait.

— Je t'appellerai.

Elle leva un regard résigné.

— D'accord.

Ils savaient tous deux qu'ils ne pouvaient plus repousser une explication différée pendant huit ans.

# 2.

Trace s'éloigna, s'évertuant à reprendre le contrôle de ses émotions.

« Bonjour, Trace. Comment vas-tu ? » Quel accueil, après huit ans ! D'un geste précis, il ajusta ses lunettes de soleil sur ses yeux et quitta la grange pour l'aveuglante lumière extérieure.

Ils avaient été aussi intimes que deux êtres peuvent l'être. Il l'avait tellement aimée que, même à l'époque, cela lui faisait mal. Etait-il le seul à se rappeler cela ? Avait-il traîné avec lui, pendant toutes ces années, le fardeau d'une simple amourette d'adolescents ? Toutes les émotions qu'il avait refoulées surgissaient maintenant en un irrépressible flot.

Et il ne savait absolument pas comment y faire face.

Il pénétra dans le local où étaient installés les juges et le bureau de la foire. Il fallait qu'il trouve

Stan, le responsable des activités scolaires. Il lui avait proposé de l'aider à les superviser pendant son temps libre. Mais il n'en était plus question. Une fois qu'il se serait expliqué avec Jennifer, il ne voulait pas courir le risque de tomber sur elle tous les quatre matins.

Juste à côté de l'entrée, un enfant perché sur la barrière de l'enclos réservé au contrôle vétérinaire le fit changer de direction.

Le gamin, qui tournait le dos à Trace, surplombait l'enclos qui contenait un jeune taureau de rodéo. Mais ce qu'il ne savait pas, c'était que l'animal, qui avait une corne cassée et un regard en dessous, avait la mauvaise habitude de charger tout ce qui bougeait.

— Hep ! Petit gars ! Descends de là !

Le taureau, qui avait repéré l'enfant, baissa la tête. Trace se mit à courir. Le garçonnet ne réagissait toujours pas.

Trace cria plus fort :

— Hep ! Le petit à la chemise rouge ! Descends tout de suite, bon sang !

Le garçon continuait à l'ignorer. Le taureau se mit à gratter le sol de son sabot. D'où il était, Trace pouvait l'entendre souffler. Il franchit la vingtaine de mètres qui l'en séparait en un temps record et, attrapant l'enfant par la taille, l'arracha à son perchoir.

Au même moment, le taureau, s'élançant de toute sa masse, vint fracasser la barrière à l'endroit précis où le gamin se tenait un instant plus tôt.

Trace posa l'enfant sur le sol et le tourna vers lui.

— Bon sang ! Mais qu'est-ce qui t'a pris ?

Le visage constellé de taches de rousseur ne lui était pas familier. L'enfant, terrifié, le dévisageait en écarquillant de grands yeux.

— Où sont tes parents ?

Trace l'écarta de l'enclos au cas où il prendrait l'envie au jeune taureau de répéter son numéro. Quelle que fût la personne chargée de surveiller le petit garçon, elle n'avait visiblement pas pris son rôle bien au sérieux.

— Hé ! Trace ! cria une voix derrière son dos. Attends !

Il vit Jenn courir vers eux, l'air effrayé.

— Ne lui fais pas de mal !

— Lui faire du mal ?

A bout de souffle, elle prit l'enfant contre elle et l'étreignit frénétiquement. Il enfouit sa frimousse contre son cou.

— Que t'imaginais-tu que j'allais faire ? Le battre ?

— Non ! Non ! Oh !… Excuse-moi. Je suis désolée ! J'ai eu si peur !

Il opina, mais l'idée qu'elle le crût capable de faire du mal à un enfant l'avait profondément blessé.

— Merci ! reprit-elle en tapotant le dos de l'enfant pour le rassurer.

— Qui est-ce ?

— Mon fils, Zack.

Pour la seconde fois de la journée, Trace eut la sensation d'avoir été renversé par le souffle d'un ouragan. Jenn, mère de famille ?

La jeune femme caressait les cheveux bruns dudit Zack, qui avait fermé les yeux.

— Il était supposé rester avec Kelly. Mais elle est revenue toute seule.

Comment se faisait-il qu'il n'ait jamais su que Jenn avait eu un fils ? Aussi hérissé qu'un barbelé, il enfonça ses mains dans ses poches.

— Je lui ai crié de descendre de la barrière, mais il a fait la sourde oreille.

Jenn le regarda tristement.

— Parce qu'il est sourd, en effet.

Elle reposa le garçonnet sur le sol, et lui parla

avec les mains. Zack indiqua du doigt l'accroc fait à sa chemise. Un morceau de tissu rouge était resté accroché à la barrière.

— Il n'aurait jamais dû se trouver là, dit sévèrement Trace.

Jenn acquiesça. Elle allait dire quelque chose quand Zack la tira par la manche, puis désigna sa chemise et fit un autre signe.

Jenn rit et se mit à parler, s'accompagnant de signes rapides. Le gamin fixait ses lèvres attentivement.

— Je sais que c'est ta chemise préférée. Nous essaierons de te trouver la même.

Trace vit que la mascotte des Chicago Bull était brodée sur la poche de poitrine.

L'enfant fit encore quelques signes, et Jenn traduisit.

— Zack dit qu'il est désolé. Il te remercie de tout son cœur…

Trace sourit à l'enfant puis reporta son attention sur la jeune femme. Il n'arrivait toujours pas à croire qu'elle était mère.

— … Je tiens à te remercier, moi aussi. Je ferai plus attention, à l'avenir.

Trace les regarda s'éloigner et, lentement, retira ses mains de ses poches. Il n'était pas très doué pour donner un âge aux gens, mais l'enfant paraissait avoir environ sept ans.

L'âge qu'aurait eu leur enfant s'il avait survécu.

Soudain, il s'élança à leur poursuite. Il avait besoin de savoir. Maintenant.

Hélas, au même moment, son téléphone cellulaire retentit. Il le sortit de sa poche, vit le numéro 911 inscrit sur l'écran et étouffa un juron. Sa confrontation avec Jenn devrait attendre. Le devoir l'appelait.

— Oui ? Qu'y a-t-il ? gronda-t-il en suivant du regard Jenn et Zack jusqu'à ce qu'ils aient disparu.

Un silence puis la voix d'Henrietta, sa secrétaire.

— Shérif ?

Trace se passa une main fébrile sur le visage.

— Désolé, Henrie. Que se passe-t-il ?

— Il y a eu un accident sur l'autoroute, à quatre kilomètres du terrain de foire. Butch pense que le conducteur est sous l'emprise de la boisson.

Trace jeta un coup d'œil à sa montre. 10 heures du matin. Un peu tôt pour avoir bu !

— Des blessés ?

— Ça n'a pas l'air grave. Un des passagers est

prisonnier du véhicule. J'ai envoyé une ambulance, mais Butch réclame de l'aide. Il y a eu également une plainte pour vandalisme. Ça peut attendre.

Henrietta travaillait déjà au secrétariat du shérif quand Trace était encore en culottes courtes. Il lui faisait totalement confiance.

— Dites à Butch que j'arrive.

Il fourra son téléphone dans sa poche de poitrine et se dirigea vers le parking.

Serrant fermement la main de Zack dans la sienne, Jenn se dépêcha de s'éloigner de Trace et des émotions qu'il éveillait en elle.

Cela faisait si longtemps qu'elle s'imposait de ne pas penser à lui ! Mais le souci sincère qu'il avait manifesté pour son fils avait ouvert la vanne et de douloureux souvenirs menaçaient de la submerger.

Zack tentait de se libérer de son étreinte.

— Es-tu en colère contre moi ? demanda-t-il par gestes.

— Non. Pourquoi dis-tu ça ?

Il frotta la main de Jenn contre sa joue.

— Parce que tu me fais mal !

S'arrêtant net, la jeune femme souleva l'enfant et l'embrassa doucement. Elle ne se rendait pas compte qu'elle reportait toute sa tension intérieure sur la petite main qu'elle tenait dans la sienne.

Il se tortilla, et elle le reposa sur le sol.

— Non, je ne suis pas en colère.

Mais elle était furieuse contre Kelly. Elle lui avait donné des consignes très strictes en lui confiant Zack.

L'enfant intervint de nouveau.

— Le monsieur avait l'air très en colère.

— Il a eu très peur pour toi.

Zack secoua la tête.

— Un policier n'a jamais peur.

Jenn sourit, attendrie par la vision du monde qu'avait son fils. Elle le reprit par la main. Elle n'avait pas envie de parler de Trace. Et, quoi qu'il en soit, si Trace était en colère, ce ne pouvait être qu'après elle.

Ils regagnèrent la grange de Pétunia.

Kelly, assise sur une balle de foin, parlait au téléphone. Elle ne leva même pas les yeux.

Jenn indiqua du doigt l'enclos vide, à côté de celui de la truie, dans lequel Zack avait laissé ses figurines. Quand le petit garçon fut de nouveau absorbé dans son jeu, elle alla se planter devant Kelly.

— Il faut que je te parle.

Kelly roula des yeux et montra son portable.

Jenn réprima l'envie de jeter celui-ci sur le sol et de le piétiner furieusement.

— Dis-leur de rappeler !

La jeune fille, lui tournant le dos, marmonna quelques mots dans l'appareil et raccrocha. Puis elle offrit à sa tante un visage fermé.

— Quoi ? Qu'est-ce qu'il y a ?

Qu'était-il advenu à la gentille petite fille qui avait passé l'été chez elle, à Dallas, l'été précédent ? En quelques mois, Kelly, la fillette blonde toujours gaie, s'était métamorphosée en une adolescente au physique ingrat, aux cheveux roux mal coiffés, au regard morne.

— Je t'avais pourtant prévenue qu'il ne fallait pas quitter Zack des yeux. Il n'est pas comme les autres enfants.

Kelly haussa les épaules. Ce petit geste insolent lui était devenu familier.

— Ce n'est pas ma faute. Je croyais qu'il me suivait.

— Et ce n'était pas le cas. Il a failli être piétiné par un taureau.

Kelly jeta un coup d'œil à Zack.

— Mais il ne l'a pas été.

— Non. Grâce à Trace.

— Il n'avait qu'à rester avec toi. Je ne peux pas lui parler.

— Si, tu peux. Il lit de mieux en mieux sur les lèvres.

Le visage de la jeune fille se couvrit de taches rouges.

— Il n'avait qu'à pas s'incruster. Je me demande pourquoi vous êtes venus à Blossom, de toute façon. Je peux très bien me débrouiller toute seule.

Kelly se leva si vivement qu'elle renversa la balle de foin.

— Tout est tellement... dégoûtant !

Jenn ne voyait absolument pas de quoi elle voulait parler.

— Je te demande pardon ?

Kelly roula des yeux, autre mimique qui devenait une habitude.

— Je parle de maman. Enceinte, à son âge !... Mais ce n'est pas parce qu'elle doit rester couchée que je dois te suivre comme un petit chien.

Jenn aurait juré que la jeune fille luttait pour ne pas pleurer. La pauvre petite ! Elle traversait une rude épreuve, depuis que son beau-père avait déserté le foyer. Mais ce n'était pas une raison pour la laisser s'en prendre à elle ou à Zack.

— C'est-à-dire, mon chou, qu'il t'aurait peut-être été difficile d'amener une truie de trois cents kilos jusqu'au terrain de foire par le bus.

Kelly lui décocha un regard noir.

— Tu parles exactement comme maman.

Sans aucun doute la pire des insultes pour une adolescente, songea Jenn en regardant sa nièce tourner les talons et courir vers la sortie de la grange.

Kelly avait des excuses. Son beau-père, le seul père qu'elle ait vraiment connu, était parti avec une autre femme. D'après Miranda, il ne s'était même pas donné la peine de leur donner une explication. Ajoutez à cela la période ingrate de l'adolescence… L'été s'annonçait difficile.

— Jennifer ?

Une voix masculine tira la jeune femme de ses pensées. Elle leva les yeux sur un homme dont le visage lui était vaguement familier.

Il tendit la main.

— Je suis Stan. Stan Donnelly. J'étais dans la même classe que Miranda, au lycée.

Elle ne l'avait pas vu depuis des années, mais elle se souvenait de lui. Il était aussi un ami proche du premier mari de Miranda. Quand Rob était mort, c'était Stan qui était venu les aider pour toutes les formalités.

— Ravie de vous revoir, Stan. Comment allez-vous ?

— Très bien. Et comment va Miranda ?

Jenn perçut l'intérêt sincère qui brillait dans les yeux de l'homme.

— Elle doit se reposer.

— Je passerai la voir pour lui demander si elle a besoin d'un coup de main.

— Bonne idée. Ça lui fera plaisir.

Stan avait toujours été un gentil garçon. Il ne s'était pas marié, et Jenn avait toujours pensé que c'était à cause de sa sœur aînée. Il en avait été amoureux. Elle en aurait donné sa main à couper.

Il agita le carnet qu'il tenait à la main.

— Où est Kelly ? Je viens contrôler son projet.

La jeune femme prit le temps de réfléchir.

— C'est vous qui vous occupez de ça ?

— Oui.

— Je l'ai envoyée me chercher une boisson fraîche. Pouvez-vous vous passer d'elle pour le contrôle ?

— Il faut qu'elle soit là. Je peux commencer sans elle, mais je suis sûr qu'elle tiendra à assister à la mise bas.

— La mise bas ?

Stan montra Pétunia qui, s'étant laissée tomber sur le flanc, soufflait bruyamment.

— Sauf erreur, votre truie est en travail.

Avec tout ce qui s'était passé, Jenn avait complètement oublié que Pétunia était pleine.

— Mon Dieu ! Mais... que faut-il faire ?

Stan gloussa.

— Pas de panique. Elle connaît son métier.

— Je l'espère.

Jenn jeta un coup d'œil à Zack. Il jouait toujours avec ses figurines. Tirant son téléphone de son sac, elle composa le numéro de Kelly.

La jeune fille répondit au bout de quatre sonneries par un brutal :

— Quoi ? Qu'est-ce qu'il y a, encore ?

Jenn adopta un ton guilleret.

— Ma chérie ! Tu as dû oublier ma boisson. Mais ça ne fait rien. Il faut que tu reviennes tout de suite. M. Donnelly est là pour contrôler Pétunia et il croit qu'elle va accoucher.

Elle entendit une sorte de grognement, et la ligne fut coupée. Jenn sourit à Stan.

— Elle arrive.

En attendant Kelly, ils parlèrent de son métier à Dallas et du temps prévu pour l'été. Puis comme toujours entre vieilles connaissances, ils évoquèrent le passé.

— Vous fréquentiez Trace McCabe, n'est-ce pas ?

Jenn s'efforça de rester impassible.

S'il y avait un sujet de conversation qu'elle préférait éviter, c'était bien celui-là.

— Oui, les deux dernières années de lycée.

Dans les petites villes, les gens n'oublient jamais rien…

— L'avez-vous rencontré depuis votre retour ?

— Oui, répondit-elle d'un ton faussement anodin. Il est passé par là il y a quelques instants.

Stan entreprit le panégyrique du shérif tandis que Jenn affichait un sourire aimable.

Après tout, c'était comme ça que sa mère l'avait élevée, se dit-elle tout en sentant la panique l'envahir. « Un peu de tenue, ma fille ! » avait été le leitmotiv de son enfance. Quoi qu'il advienne, garder son sang-froid. Ne pas donner aux langues l'occasion d'aller bon train. Comme si faire parler de soi était la pire chose qui pouvait vous arriver !

Le sourire de Jenn commençait à fléchir quand Kelly arriva enfin en courant, soulevant la poussière sous ses pas.

— Bonjour, monsieur Donnelly ! J'étais juste partie chercher un soda pour ma tante.

Elle gratifia Jenn d'un regard reconnaissant et ouvrit la barrière de l'enclos.

Jenn alla chercher Zack, qu'elle fit asseoir sur la meule de foin, et ils attendirent que Pétunia vienne à bout de son épreuve.

Son fils, jamais à court de questions, était à la fête. Résignée, Jenn lui passa un bras autour des épaules. Son paisible été à Blossom menaçait d'être beaucoup plus agité qu'elle ne l'avait prévu.

# 3.

Assise sous le porche, Jenn profitait de la douceur du soir. Elle se sentait si bien dans la vieille maison où elle avait grandi ! Tout était si différent de la grande ville…

Miranda et son second mari s'y étaient installés après la mort d'Ellen. Contre toute attente, Miranda avait changé fort peu de chose dans la maison. En fait, prit soudain conscience la jeune femme, il y avait eu bien peu de changements dans le quartier depuis son départ.

Une lumière s'alluma dans la maison d'en face. Jenn pouvait distinguer clairement le motif familier du papier peint dans la cuisine de Mme Kincade. Elle sourit.

Tout était si impersonnel, à Dallas. Elle connaissait à peine les gens qui vivaient dans son immeuble et n'avait jamais été chez eux. Une semaine plus tôt, elle n'y accordait aucune importance.

Maintenant, elle s'avisait qu'un autre style de vie était possible.

Si elle commençait à remettre en question ses choix, alors, c'était que le temps était venu d'y penser. Elle but une gorgée de sa citronnade en regardant les phares d'une voiture remonter la rue…

C'en était fini de sa tranquillité. Elle sut qu'il s'agissait de Trace avant même d'avoir reconnu sa voiture de fonction.

Il avait toujours eu des manières de bull-terrier quand il s'agissait de venir à bout d'un problème, quel qu'il soit. C'était une des qualités qu'elle avait toujours admirées en lui. Et qui lui avait rendu si amères ces huit années.

Un homme aussi déterminé que lui n'aurait-il pas dû partir à sa recherche quand elle avait quitté Blossom sans un adieu ? Puisque c'était elle qui avait décidé de partir, elle n'aurait pas dû éprouver tant d'amertume. Pourtant, elle s'était attendue à ce qu'il la poursuive. S'il l'aimait vraiment. En fait, en apprenant son départ, il avait dû ressentir un profond soulagement. Il avait retrouvé sa liberté. Plus besoin de jouer le mari, ni le père de famille.

Mais tout ça, c'était huit ans plus tôt. Jenn ne

voulait pas faire renaître le passé. Elle l'avait enterré. Pour toujours. Personne, à Blossom, n'était au courant de leur bref mariage. Le secret avait été enterré avec sa mère.

Jenn avait dit à Miranda qu'elle avait perdu son bébé, mais elle n'avait pas eu le courage de lui raconter leur expédition jusqu'au Nouveau-Mexique pour se marier. Cela avait été une erreur de jeunesse qu'elle préférait oublier.

Le soir de leur mariage, Trace l'avait déposée chez elle et était reparti à San Antonio pour son job d'été. Ils avaient décidé qu'elle continuerait à vivre chez sa mère, et qu'ils tairaient leur union jusqu'à ce qu'il ait gagné assez d'argent pour louer un appartement. Puis il rentrerait à Blossom et y chercherait du travail.

Mais, quand elle avait perdu son bébé quelques jours plus tard, tout avait changé.

Sa mère avait découvert le faux confectionné par Trace, certifiant qu'elle avait autorisé sa fille à se marier. Elle avait eu beau jeu d'exiger que Jenn demande l'annulation et, bouleversée par sa fausse couche, la jeune fille avait accepté.

Et maintenant, la voiture de Trace venait de se garer au bord du trottoir. Il éteignit les phares, mais ne sortit pas. Elle pouvait voir son ombre se découper dans la lumière du réverbère. Et elle savait qu'il la regardait, comme il devait savoir qu'elle l'épiait dans la pénombre du porche. Ils avaient toujours eu ce sentiment instantané de la présence de l'autre.

Il ouvrit enfin la portière et, dépliant son grand corps, s'extirpa de son véhicule. Puis il s'avança lentement vers la véranda.

Elle reconnaissait sa démarche. Il avait grandi et ses épaules s'étaient élargies, depuis le lycée, mais elle aurait reconnu son allure dans n'importe quelles circonstances. Contrariée, elle s'aperçut que son cœur battait plus vite.

Il s'arrêta en bas des marches.

— Bonsoir, Trace.

— Jenn.

Juste son prénom. Rien d'autre. Et au son de sa voix, elle sut qu'il était en colère.

Il restait immobile, les yeux fixés sur elle. Dans le bon vieux temps, il aurait grimpé les marches quatre à quatre ; puis, la rejoignant sur le banc, il l'aurait prise sur ses genoux et l'aurait étouffée sous ses baisers.

Cette pensée la fit frémir jusqu'au creux des reins, et un violent sentiment de regret la traversa. Elle dut lutter contre l'envie de lui tendre les bras.

Jamais aucun homme ne l'avait émue comme Trace avait su le faire.

Finalement, il s'éclaircit la gorge.

— C'est le mien ?

Comme elle le regardait sans comprendre, il s'écria :

— Zack ! C'est mon fils ?

Sous le coup de la surprise, Jenn faillit tomber du banc.

— Non. Qu'est-ce qui t'a fait penser une chose pareille ?

— Son âge. Il a dans les sept ans, non ?

Le cœur de la jeune femme se serra. Croyait-il vraiment qu'elle aurait pu lui cacher l'existence de son propre enfant ?

— J'ai perdu notre bébé, Trace, dit-elle d'une voix tremblante.

Il eut un geste las.

— J'espérais… Il fallait que je sache. Il me ressemble.

L'indignation de Jenn s'évanouit, la laissant plus tendre, plus vulnérable. C'était vrai. Zack ressemblait à Trace. Elle l'avait tout de suite remarqué en voyant le petit garçon. Et, il fallait bien l'admettre, c'était l'une des raisons qui l'avaient fait s'attacher si vite à lui.

Trace exhala un long soupir.

— Ta mère m'a prévenu, pour le bébé. Mais elle ne m'aimait pas. Je ne pouvais pas être sûr… Quand je suis revenu à Blossom, tu étais déjà partie. Elle m'a dit qu'elle s'occupait de l'annulation du mariage, puisque tu n'étais pas encore majeure.

C'était seulement maintenant, devenue adulte, que Jenn comprenait à quel point elle avait pu lui faire du mal en partant sans un seul mot d'explication.

— Je suis désolée.

La tristesse la submergea brutalement en songeant à tout ce qu'ils avaient perdu à cause de sa faiblesse et des préjugés de sa mère.

Elle aurait voulu que Trace la prenne dans ses bras. Se blottir contre le mur solide de son torse.

Mais elle ne bougea pas. Tout ça, ce n'était plus que du passé.

Ils étaient désormais des étrangers l'un pour l'autre. Elle était une jeune mère élevant son enfant dans une grande ville — une ville qu'elle avait appris à aimer. Lui était un célibataire endurci, un enfant du pays, attaché à son bourg natal. Il avait toujours détesté les grandes cités.

Et, s'ils avaient vécu ensemble, leur relation n'aurait probablement pas duré.

La voix de Trace la tira de ses pensées.

— J'ai appelé chez ta mère à plusieurs reprises, mais elle ne voulait pas me parler. Quand j'ai appris que tu étais entrée à l'université, j'ai tenté de te retrouver.

— Tu es venu à SMU ?

Elle l'avait ignoré. Cela ne changeait rien au présent, mais savoir qu'il l'avait cherchée dénouait un des petits points douloureux qui lui avaient empoisonné toutes ces années.

— Oui. Mais quand j'ai pris conscience tout à coup que c'était toi qui avais décidé de partir, j'ai tout laissé tomber. Je suis rentré à Blossom. Le lendemain, je m'engageais dans les Marines.

— Miranda me l'avait dit.

Il resta un long moment silencieux, puis reprit :

— Rien ne s'est passé comme nous l'espérions, n'est-ce pas ?

La voix de Trace recelait une tristesse tranquille qui fit à la jeune femme plus de peine qu'un cri.

— Nous étions si jeunes ! Je ne crois pas que ça aurait marché, entre nous.

Même dans le noir, elle sentit le corps de Trace se raidir.

— Pourquoi ne dis-tu pas le fond de ta pensée, Jenn.

Elle battit des paupières, sensible à l'âpreté de sa voix.

— Un bébé non prévu, un mariage improvisé. Rien de ce qui s'est passé entre nous n'était vraiment voulu pour toi, Jenn. Tu as parfaitement réussi à tirer ton épingle du jeu.

C'était comme si le tonnerre venait de la frapper.

— Tu… tu crois que j'ai voulu ce qui s'est passé ?

— Non. Mais que tu as pensé que c'était mieux.

Elle aurait voulu le contredire mais il venait de toucher un sentiment de culpabilité qu'elle avait enfoui au plus profond d'elle-même…

Un nouveau silence s'installa entre eux, encore une fois interrompu par Trace.

— Eh bien !… Nous ne saurons jamais si ça aurait pu marcher, n'est-ce pas ? Bonne nuit, Jenn.

Il pivota sur lui-même, et regagna son véhicule.

Pendant huit ans, Jenn s'était répété que tout s'était passé pour le mieux. Mais alors, pourquoi souhaitait-elle soudain que les choses se soient déroulées autrement ?

Le lendemain matin, alors que Zack regardait des dessins animés à la télévision, Jenn écoutait sa sœur faire la liste de ce qu'elle voulait retirer de la pièce qui allait devenir la chambre du bébé. L'endroit avait été le bureau de Robert, et Miranda voulait supprimer toute trace de la présence de son mari.

— Que veux-tu que je fasse de ses affaires ? dit Jenn en embrassant du regard l'équipement de pêche et les piles de magazines et de romans policiers qui débordaient des étagères.

— Tu peux mettre tout ça sur le trottoir. Les encombrants passent demain matin.

— Vraiment, Miranda ? Il y a du matériel tout neuf…

Un rire sans joie échappa à la jeune femme.

— Oui. C'est exactement ce que je veux. Vas-y ! Et sans remords.

Jenn faillit dire que dès le lendemain, tout Blossom serait au courant. Elle se ravisa. Plus question de laisser parler sa mère à sa place.

— Comme tu voudras. Va te rallonger. Je vais faire le tri.

Elle se faisait du souci pour sa sœur. Miranda se fatiguait vite, et, la nuit, Jenn l'entendait pleurer.

La jeune femme regagna son lit sans discuter.

Jenn passa l'heure suivante à faire des piles sur le trottoir. Du fond d'un placard, elle sortit une boîte à chaussures d'un magasin de Dallas, curieusement fermée par de longs rubans de sparadrap. Sur le couvercle poussiéreux, sa mère avait écrit son nom.

Intriguée, elle ôta la poussière d'un revers de manche puis, prenant le carton, monta jusqu'à la chambre de sa sœur. Miranda leva les yeux de son livre.

— J'ai trouvé ça dans un placard, dit Jenn en posant la boîte sur le lit. C'est curieux, je croyais que nous avions tout rangé après la mort de maman.

Miranda se redressa sur ses oreillers.

— Roger a trouvé cette boîte dans le garage il y a un an et l'a rapportée dans la maison. J'avais fini par oublier son existence.

— Tu veux regarder ce qu'il y a dedans ?

— Si tu veux.

Jenn redescendit dans le bureau pour se remettre à la tâche. Quelques minutes plus tard, Miranda fit son apparition sur le pas de la porte, une grande enveloppe de papier kraft à la main.

— Jenn ! Regarde ça.

Jennifer laissa tomber son éponge dans le seau et essuya ses mains sur son jean. Puis, prenant l'enveloppe, elle en retira les papiers qu'elle contenait. La date indiquée sur le premier document était vieille de huit ans. Il s'agissait d'une liste d'informations nécessaires pour une procédure d'annulation de mariage. Il y avait aussi des originaux portant son nom et celui de Trace. Sous son nom, elle reconnut sa propre signature, tracée d'une main tremblante.

Les jambes de Jenn faillirent lui manquer. Elle se laissa tomber sur le siège du bureau. Le regard fixé sur les documents, elle comprit lentement ce qu'ils signifiaient.

Les formulaires pour l'annulation de son mariage n'avaient jamais été envoyés.

Miranda ramassa les papiers, qui avaient glissé sur le tapis, et étudia l'enveloppe.

— Ça a été posté la semaine où maman a reçu son diagnostic. Je m'en souviens parce que nous l'avons accompagnée à l'hôpital le jour de l'anniversaire de Kelly.

Jenn acquiesça lentement. Jamais elle n'oublierait le coup de fil de sa sœur, ce jour-là.

— Tu m'as appelée à l'université pour me dire ce qu'avait maman. J'étais en train de réviser les examens de fin d'année.

Couvrant sa bouche de ses mains jointes, elle murmura entre ses doigts :

— Mon Dieu ! Comprends-tu ce que ça signifie ?

Miranda relut les papiers attentivement et adressa à sa sœur un petit sourire machiavélique.

— Si j'ai bien compris, vous vous étiez mariés, Trace et toi. Et vous l'êtes toujours ! Qu'as-tu l'intention de faire ?

Jenn tendit la main vers le téléphone.

— Je vais d'abord m'en assurer.

Puis, songea-t-elle, complètement désarçonnée, si les apparences ne sont pas trompeuses, il va me falloir annoncer la vérité à mon mari.

# 4.

Jenn était assise dans sa voiture, devant la maison de Trace. C'était une vieille bâtisse mais la façade de bois avait été fraîchement repeinte, et une bougainvillée grimpait le long des piliers de la véranda. La voiture du shérif était garée dans l'allée.

Il valait mieux rencontrer Trace chez lui plutôt que d'aller le déranger à son bureau. La bombe qu'elle allait lâcher nécessitait une certaine intimité.

Descendant de voiture, elle lissa nerveusement sa robe bain de soleil. Puis elle grimpa les marches de la véranda et, après avoir respiré un grand coup, tira sur la sonnette de cuivre, écoutant les notes du carillon résonner dans la maison. Pas de réponse. Elle sonna de nouveau, n'obtint qu'un silence exaspérant. Elle sentit son estomac se nouer.

Trace l'avait-il vue arriver ? Avait-il décidé de ne pas répondre ?

Jennifer s'apprêtait à donner du poing contre la porte quand elle reconnut, venant de derrière la maison, un bruit identifiable entre tous : les hoquets d'une tondeuse à gazon qu'on essayait de remettre en route.

Elle poussa un soupir de soulagement. Trace ne l'avait tout simplement pas entendue.

Elle contourna la maison pour rejoindre le jardin.

Là, elle s'arrêta net.

Trace, le dos tourné, poussait une tondeuse d'un modèle ancien au travers de l'herbe folle. Il ne portait qu'un short qui descendait bas sur ses hanches et il était pieds nus. Tandis qu'il poussait son engin récalcitrant, les muscles de ses bras et de ses épaules roulaient sous sa peau hâlée. Des muscles longs et souples qu'il ne possédait pas, huit ans plus tôt.

Jennifer avala sa salive.

Le corps qu'elle se rappelait appartenait à un long garçon dégingandé oscillant à la frontière de l'adolescence et de l'âge adulte. L'homme qu'elle avait sous les yeux avait le physique épanoui et puissant d'un athlète.

Trace manœuvra pour faire demi-tour, sans lever les yeux, et Jenn put poursuivre tranquillement son inspection.

Une fine toison dorée couvrait sa poitrine, bouclée comme ses cheveux. Elle déglutit une nouvelle fois, la gorge serrée. L'extrémité de ses doigts vibrait encore au souvenir de la douceur de sa peau.

Des émotions dangereuses émergeaient lentement à la surface de sa conscience, telles les bulles tièdes d'une source thermale.

Elle ne parvenait pas à déchiffrer l'expression du visage de Trace. Il semblait distant, absorbé dans ses pensées. Cela n'aurait pas dû la contrarier. Mais elle le fut. Le sentir si loin d'elle était, contre toute logique, une sensation désagréable.

Jenn sortit de la pénombre, un sourire plaqué sur son visage.

— Bonjour, Trace !

Se penchant sur la tondeuse, Trace coupa le moteur. Le soleil jouait dans ses cheveux, les nimbant d'or pâle. Des brins d'herbe coupés s'étaient collés sur sa peau moite. Il se releva lentement, et un silence vibrant s'installa entre eux.

Ils se regardèrent un long moment. Puis Jennifer avança d'un pas.

— Il faut que je te parle. Mais si tu es occupé, je peux revenir.

« Espèce de lâche ! » se dit-elle *in petto.*

Il eut un geste de dénégation et, se redressant de toute sa haute taille, croisa les bras.

— Je peux faire une pause. Ce fichu engin me donne du fil à retordre.

Laissant la tondeuse au milieu de l'herbe, il s'empara d'un tuyau, ouvrit le robinet et s'aspergea le torse. Puis il s'ébroua comme un jeune chien.

Il avait toujours été parfaitement à l'aise avec son corps, une qualité que Jenn, qui n'aurait pu en dire autant, lui enviait.

Comme il se saisissait d'un T-shirt posé sur un fauteuil en osier et qu'il s'essuyait, Jenn détourna les yeux. Elle avait eu assez d'émotions comme ça ! Et elle entendait presque la voix de sa mère lui susurrer aigrement : « Enfin, ma petite Jenn ! Qu'est-ce que les voisins vont penser ? »

Elle jeta un coup d'œil autour d'elle. Trace n'avait pas de voisins. Sa maison donnait sur un bois d'eucalyptus habité seulement par des oiseaux et de gros lézards.

— Jenn ? Quelque chose ne va pas ? s'inquiéta Trace en enfilant le T-shirt par-dessus sa tête.

— Non, non… Tout va bien… Enfin, presque.

Trace fit un geste vers la porte de derrière et proposa poliment :

— Entre. J'ai des boissons fraîches.

Il monta les trois marches de la véranda, retira ses chaussures maculées de terre d'un habile mouvement du talon, puis lui tint obligeamment la porte ouverte. Il sentait bon le soleil, l'herbe et la peau moite. Tentante combinaison.

Trace poussa la jeune femme dans la grande cuisine au mobilier de chêne. Une rangée de fenêtres basses donnait sur le jardin qu'ils venaient de quitter. Le sol en carreaux de terre cuite luisait de propreté. Un seul objet détonnait dans le décor, un pistolet dans son étui de cuir noir, jeté au milieu de la table.

— Une limonade ?

Il la considérait toujours de ce regard indéchiffrable.

Jenn aurait voulu dire qu'elle n'avait pas l'intention de rester longtemps, mais elle était bien élevée.

— Merci. Sans sucre, si tu en as.

Il la parcourut de la tête aux pieds, et elle sentit une brusque chaleur l'envahir.

— Pas de sans sucre.

Il avait parlé sur un ton qui pouvait sous-entendre qu'elle n'en avait pas besoin.

Il ouvrit une canette et la lui tendit. Puis, s'appuyant d'une hanche à un vaisselier, il but longuement à même la sienne.

Jenn contemplait les pieds nus de son hôte, se demandant par où elle allait bien pouvoir commencer, quand la voix de Trace la rappela aux impératifs du moment.

— Je t'écoute !… A moins que tu ne préfères t'asseoir ?

— Non. J'en ai pour une minute.

Autant aller vite, comme pour arracher un pansement. Cela ferait moins mal.

Jenn hésita un instant puis se lança.

— Miranda et moi étions en train de débarrasser le bureau de Robert pour installer la chambre du bébé quand j'ai trouvé une boîte au fond d'un placard.

La gorge aussi aride que le Grand Canyon, elle s'interrompit pour boire une gorgée de limonade.

Trace hocha la tête, comme s'il attendait patiemment la suite.

— Il y avait une enveloppe provenant de l'Etat du Nouveau-Mexique.

A ces mots, l'expression de Trace se modifia imperceptiblement. Il se redressa, un sourcil froncé. D'un geste de la main, il lui fit signe de continuer.

Les mots sortirent de la bouche de Jenn tout à trac.

— Ma mère n'a jamais envoyé la demande d'annulation du mariage.

Il la dévisagea longtemps.

— J'ai appelé le numéro de téléphone indiqué sur le formulaire. Ils ont vérifié et…

— Et quoi, Jenn ? s'enquit calmement Trace.

La jeune femme s'éclaircit la gorge.

— Et en effet… nous sommes toujours mariés.

Ni l'un ni l'autre ne bougea.

Finalement, Trace secoua la tête et reposa sa canette de soda sur la table.

— Alors, maintenant, qu'allons-nous faire ?

Jenn afficha un sourire assuré.

— Ce n'est pas réellement un problème. Il nous suffit de remplir les documents. Les motifs ne manquent pas.

Trace eut un petit rire rauque, comme un aboiement.

— La désertion, par exemple ?

— Oui, par exemple. Ça pourrait marcher. Pour tous les deux.

Un éclair de fureur traversa le regard bleu de son compagnon. Il y avait sur son visage une expression dure qu'elle n'y avait encore jamais vue. Elle recula d'un pas.

Immédiatement, il se détendit.

— Veux-tu que je m'en occupe ? offrit-il de cette voix neutre qu'elle commençait à détester.

— Non, non. Je le ferai.

Elle se dirigea vers la porte, pressée de s'éloigner de lui et des sentiments contradictoires qu'il faisait naître en elle.

— Merci pour le soda, lança-t-elle par-dessus son épaule.

— De rien, répondit Trace dans son dos, tout aussi poliment.

Jenn regagna sa voiture en courant, luttant contre les larmes.

Ils n'avaient jamais été réellement mariés. Lui avait accepté de franchir le pas parce qu'elle était enceinte. Ils n'avaient même jamais passé une nuit ensemble sous le nom de M. et Mme Trace McCabe. Alors, pourquoi avait-elle l'impression d'avoir perdu quelque chose ?

Les clés à la main, elle se glissa derrière le volant en s'essuyant les yeux d'un revers de main.

Voilà. C'était fait. Inutile de pleurer. Ce qui avait eu lieu huit ans plus tôt appartenait irrémédiablement au passé.

Elle avait sa vie à Dallas, un métier qui la passionnait et son fils, Zack. Elle était parfaitement heureuse.

Elle démarra. Parler à Trace avait été plus facile qu'elle ne l'imaginait. Ils avaient été très bien tous les deux.

Hélas, au lieu de se sentir soulagée, elle avait l'impression d'avoir perdu l'homme de sa vie une seconde fois.

Trace atteignit la porte vitrée de la salle commune juste à temps pour voir Jenn traverser l'allée jusqu'à sa voiture. Comment cette femme pouvait-elle l'attirer à ce point alors qu'elle le rendait fou furieux ?

Il regarda ses hanches minces danser sous sa robe. D'une manière si délicieusement féminine… Il avait toujours adoré la voir marcher.

Elle avançait, vive et légère à la fois, comme quelqu'un qui sait toujours où il va. Et c'était le cas. Elle était partie à Dallas pour ne jamais revenir.

La voiture s'écarta du trottoir, et il songea à ce que la jeune femme venait de lui apprendre. Même s'il avait cru leur mariage annulé depuis des années, l'offre paisible de Jenn de s'occuper elle-même des formalités avait été pour lui comme un coup de poignard en plein cœur.

Pivotant sur lui-même, il se dirigea vers la salle de bains pour prendre une douche. Le devoir l'appelait. Mais comme il s'abandonnait au jet d'eau chaude, ses pensées prirent un tour dangereux.

Et si Jenn n'avait pas perdu leur bébé ?

Il aurait le même âge que Zack.

Leur mariage aurait-il été réussi ? Auraient-ils eu d'autres enfants ?

A moins qu'elle ait raison. Peut-être étaient-ils trop jeunes pour que ça marche ?

Quand ils avaient commencé à se fréquenter, Jenn avait déjà des projets de carrière très précis. Elle voulait s'occuper de gestion de patrimoine et envisageait des études pour y arriver. Lui, Trace, faisait partie de ses plans, sans plus. Il n'était pas plus important que le reste.

Plutôt même beaucoup moins, à en juger le tour qu'avaient pris les événements.

Cette grossesse non prévue avait perturbé la jeune femme. Jamais il ne l'avait vue si désorientée.

Mais, dès l'instant qu'elle avait perdu le bébé, elle avait repris ses projets comme si de rien n'était. Tous ses projets.

Sauf lui.

Quel idiot il avait été de désirer des choses qui ne pouvaient pas être !

Trace s'ébroua sous le jet d'eau glacée. A présent, il avait d'autres chats à fouetter. Par exemple retrouver le soi-disant marchand de biens qui avait escroqué quelques habitants de Blossom de plusieurs centaines de milliers de dollars. Sans compter la Commission municipale pour les bonnes mœurs qui l'inondait de requêtes « dans l'intérêt » de Blossom. Ce dont il ne doutait pas, mais qui, s'il se laissait faire, pourrait l'occuper à plein-temps.

Il s'habilla, prit son arme et son attaché-case, et fut arrêté trois fois tandis qu'il se rendait à la mairie. Le premier à se mettre sur son chemin fut l'un des jardiniers de la ville, qui tenait à lui faire savoir qu'il avait retrouvé deux nains de jardin assis sur l'un des bancs en face de l'hôtel de ville ; Trace pourrait les récupérer quand il voudrait dans son garage. Puis ce fut la secrétaire du tribunal qui voulait absolument lui montrer les photos de son petit-fils nouveau-né…

La Commission pour les bonnes mœurs de Blossom l'attendait au grand complet dans la grande salle de la mairie. A son entrée, il ne put éviter de remarquer l'expression réprobatrice de Bitsy Duprés, du Révérend Toliver et de Minnie Dressler.

Jason Strong, actuel maire de Blossom et ami d'enfance du père de Trace, lui adressa un clin d'œil malicieux, son visage glabre demeurant parfaitement impassible.

Trace s'assit, prêt à entendre la litanie des doléances de la commission, la même depuis qu'il était shérif dans la bonne ville de Blossom.

— Puisque le shérif est enfin arrivé, déclara Bitsy Duprés, il me semble que nous pouvons commencer par signaler l'essor du vandalisme sur le champ de foire depuis quelques semaines. Il semblerait que les ouvriers qui y travaillent ne soient pas étrangers à cet état de choses.

Trace secoua la tête.

— Le vol des décorations de jardin, et je tiens à signaler que tous les objets décoratifs ont été retrouvés, a commencé bien avant que la foire ne rouvre ses portes. Comme je vous l'ai déjà dit, je pense que c'est le fait des gamins de la ville. Qui ? je ne sais pas. Mais nous finirons par trouver.

Quant à ce qui se passe sur le champ de foire, l'enquête a commencé.

Bitsy fit entendre un reniflement méprisant et, se tournant vers Jason, embraya sur un autre sujet : les canettes de bière et de soda vides qui souillaient le parc municipal.

Trace écoutait d'une oreille tandis que son esprit le ramenait à son entrevue avec Jenn.

Elle était si jolie dans sa petite robe jaune, le soleil jouant dans ses cheveux ! Si jolie et si parfaitement inaccessible. Comme une image du passé…

Son téléphone cellulaire vibra, l'arrachant à ses pensées. Le code, qui indiquait un message d'Henrietta, était juste le prétexte qu'il lui fallait pour quitter cette noble assemblée. Il afficha une expression navrée.

— Désolé, le devoir m'appelle.

Jason donna son accord d'un petit signe de tête puis jeta un bref regard sur les assistants. Après s'être assuré que personne ne le regardait, il leva un index, le coude posé sur la table. C'était un code qu'ils avaient mis au point depuis des années. Trace, réprimant un sourire, opina du chef. Il devait une bière à Jason pour désertion de la réunion avant la fin.

Il quitta la salle d'un pas vif. Il commençait à avoir son compte d'affaires urgentes, cet été, entre l'escroc immobilier, le vandalisme et les nains de jardin.

La Commission pour les bonnes mœurs de Blossom était vraiment le cadet de ses soucis. Il était prêt à payer toutes les bières du monde à Jason s'il pouvait désormais en être dispensé.

# 5.

— Allez, viens, Kelly. Ça peut être amusant.

Quelques jours après son entretien avec Trace, Jenn entraînait une Kelly réticente vers la tente rouge d'une diseuse de bonne aventure.

Elles avaient laissé Zack au centre aéré et rendu visite à Pétunia et à sa nombreuse progéniture. Jenn s'agitait beaucoup pour ne pas penser à Trace. Elle était même prête à sacrifier un billet de dix dollars pour laisser une gitane lui prédire son avenir.

— Enfin, tante Jenn ! Tu ne crois tout de même pas à ces sornettes ? protesta Kelly en se laissant tirer par la main.

Jenn sentait que la jeune fille était réticente et intéressée à la fois.

Elle-même ne croyait pas particulièrement à la divination. Mais elle tenait beaucoup à améliorer ses relations avec sa nièce. Avec un peu de chance, cette petite fantaisie devrait injecter un peu de bonne humeur dans leur train-train quotidien.

Elle sourit largement à l'adolescente.

— De toute façon, ça ne peut pas nous faire de mal, n'est-ce pas ?

Les panneaux de l'entrée de la tente étaient relevés de part et d'autre et un rideau de soie dorée, fendu en son milieu, en dissimulait partiellement l'intérieur. Jenn distingua une petite table supportant en son centre la traditionnelle boule de cristal. La voyante les fit entrer et asseoir en face d'elle.

Jenn ne s'attendait pas au charisme de leur hôtesse, une jeune et jolie femme brune, avec des yeux d'un noir profond et lumineux à la fois et un teint très pâle. Après s'être présentée sous le nom de Cherry, elle sortit de nulle part un jeu de tarot qu'elle posa sur la nappe de velours noir.

Jenn se tourna vers Kelly.

— Tu veux commencer ?

La jeune fille secoua la tête.

— C'est toi qui as eu l'idée. Vas-y !

Jenn eut un petit haussement d'épaules.

— Bien. Allons-y.

La voyante l'étudia un long moment puis murmura :

— Mélangez les cartes jusqu'à ce que vous sentiez que vous êtes prête. Puis faites trois tas avec le paquet.

Jenn s'exécuta gauchement.

Cherry pointa les cartes d'un doigt autoritaire.

— Maintenant, choisissez-en un.

— N'importe lequel ?

Toutes ces manipulations lui paraissaient inutilement compliquées.

Cherry opina.

— Celui que vous sentez le mieux.

Jenn n'était pas bien sûre de comprendre ce que *sentir* voulait dire dans ce contexte. Elle désigna donc, au hasard, le tas du milieu.

— Donnez-le-moi.

Comme la voyante tendait la main, leurs doigts se frôlèrent une fraction de seconde. Un contact léger, chaud et intense. Comme si un courant était effectivement passé. Jenn retira aussitôt sa main, honteuse de son excès d'imagination.

La gitane sourit.

— D'ordinaire, je ne mords pas. Et je garde pour moi les mauvaises nouvelles.

Miraculeusement, cette affirmation eut le don de détendre Jenn.

— D'accord.

Elle entendit Kelly émettre un petit reniflement méprisant et retint un sourire. Elle se garda bien de tourner la tête vers sa nièce de peur d'éclater nerveusement de rire.

La gitane disposa les cartes devant elle, les examinant les unes après les autres. Jenn s'efforçait de ne pas bouger sur sa chaise.

Finalement, Cherry pointa du doigt l'une des figures.

— Vous êtes rentrée chez vous pour guérir une blessure. Soyez attentive aux messages silencieux. Certains mots sont difficiles à prononcer.

Jenn battit des paupières. La femme avait-elle eu de la chance ou avait-elle vraiment un don ?

La diseuse de bonne aventure ferma les yeux.

— Ce que vous croyez avoir perdu est toujours là où vous l'avez laissé. Regardez soigneusement autour de vous. Vous serez bientôt de retour à la maison.

Elle rassembla lentement les cartes, en refit un paquet unique puis reporta son attention sur Kelly.

Elle donna à la jeune fille les mêmes instructions puis dit, d'une voix douce et lointaine :

— N'ayez pas peur, mon petit.

Kelly sembla rassembler tout son courage, et son corps mince se redressa sur sa chaise.

— Un inconnu va entrer dans votre vie, et vous allez tomber follement amoureuse cet été.

Cherry fronça ses épais sourcils et s'interrompit, comme plongée dans d'insondables réflexions.

— Deux fois ! ajouta-t-elle, comme elle-même stupéfaite des propos qu'elle tenait.

Soudain, ses sourcils reprirent leur place, et elle rit.

— De deux jeunes garçons. Un de ces amours, profond et sincère, durera toute votre vie. Du second, il ne restera que d'agréables souvenirs.

Parfait ! songea Jenn en voyant l'expression attentive de Kelly. Dans quel guêpier avait-elle fourré sa nièce ? Elle avait déjà du mal à se contrôler émotionnellement. Maintenant, elle allait passer son temps à chercher Monsieur Pour-toujours et Monsieur l'Amour-d'un-été !

Cherry prit la main fine de Kelly entre les siennes.

— Les choses vont s'arranger très vite, mon petit. Faites-vous confiance et faites confiance à ceux qui vous aiment.

Elle se leva. L'entretien était terminé.

Jenn, s'arrachant un sourire, mit la somme convenue sur la table.

— Merci. C'était amusant.

La voyante la dévisagea gravement. Son visage s'éclaira d'un sourire fugitif.

— Prenez bien soin de cette enfant.

Jenn vit Kelly se pencher pour chercher son sac sous la table puis filer comme une anguille au-dehors de la tente.

A voix basse, la gitane ajouta :

— Tout ira bien pour votre sœur. Et pour son fils.

Puis elle recula et disparut derrière un rideau, dans le fond de la tente. Dans un miroir, Jenn la vit s'asseoir et plonger son visage dans ses mains.

Elle considéra l'étrange spectacle une longue minute, médusée, puis sortit lentement.

— Tante Jenn ? appela la voix de Kelly.

Se ressaisissant, Jenn arbora un sourire forcé.

— C'était marrant, n'est-ce pas ? dit-elle tandis qu'elles reprenaient le chemin de la grange.

Kelly lui décocha un regard indéchiffrable.

— Tu y crois, toi ?

Pour ce qui la concernait, la gitane avait plutôt tapé dans le mille, mais Jennifer n'était pas prête à l'admettre.

— A mon avis, c'est du cinéma. Elle m'a dit que j'allais rentrer à la maison. Evidemment, j'ai bien l'intention de rentrer à Dallas après les vacances. C'était suffisamment vague pour s'adapter à beaucoup de situations.

Elle rapporta à Kelly les propos que la gitane avaient tenus au sujet de Miranda et de son petit garçon, en lui recommandant de ne rien dire à sa mère. La future maman ignorait le sexe de son bébé. Elle préférait avoir la surprise.

— Et ce qu'elle a dit à propos de quelque chose que tu croyais avoir perdu et que tu allais retrouver ? s'enquit la jeune fille.

Jenn réfléchit rapidement.

— J'ai perdu l'insigne de ma promotion de lycée en quittant Blossom. Peut-être va-t-il réapparaître ?

Kelly parcourut le reste du trajet dans un silence inhabituel.

— Et… ce qu'elle a dit à propos de moi ?… Tu y crois, toi, tante Jenn ?

Jenn pressa affectueusement le bras de la jeune fille.

— Que tu vas tomber amoureuse ? Bien sûr que j'y crois. Ce n'était pas difficile à imaginer. Une jolie fille comme toi doit avoir tous les garçons à ses pieds !

Elle nota du coin de l'œil la fugace expression de joie qui traversa le visage de sa nièce.

— Vraiment, tante Jenn ?

— Je le sais !

— Et la blessure dont tu souffrirais ?

Baissant les yeux sur ses sandales, Jenn émit un petit rire gêné.

— Là, elle a tiré un coup dans le noir et manqué sa cible.

Elles étaient à une centaine de mètres de l'entrée de la grange quand la jeune femme aperçut Trace. Il discutait avec Stan, le responsable pédagogique des activités de plein air de Kelly.

Juste une coïncidence ?

Il était en uniforme, son visage à moitié dissimulé par la visière de son chapeau, et portait des lunettes miroir.

Kelly avait aussi repéré le jeune homme.

— Maman dit que tu sortais avec lui, au lycée. Avec le shérif.

Sortir avec lui ! Expression bien anodine pour la tempête intérieure qui agitait alors Jenn chaque fois qu'elle le voyait. Hélas, des années plus tard, il produisait toujours le même effet sur elle. Toutes ses extrémités nerveuses vibraient à la seule intuition de sa présence.

— Exact. Pendant deux ans.

— Waouh ! Il est vieux. Mais il fait toujours de l'effet.

Vieux ? S'arrêtant brusquement, Jenn regarda sa nièce. Elle soupira. Vieux ? Oui, probablement, aux yeux d'une gamine de quinze ans. Mais c'était vrai que Trace ne passait pas inaperçu. Il lui suffisait de se rappeler son émoi quand elle l'avait vu hier dans son jardin, à demi nu, sa peau hâlée brillant sous le soleil. Oh ! oui. Trace produisait toujours son petit effet.

— Que s'est-il passé ? demanda Kelly quand Jenn l'eut rattrapée.

Jenn haussa les épaules, faussement désinvolte.

— Oh !… Je suis entrée à l'université. Trace s'est engagé dans les Marines, et nous nous sommes perdus de vue.

— Alors, maintenant, vous êtes comme deux étrangers ? Pensais-tu à l'époque que ce serait pour la vie ?

Si elle le croyait ! De toute son âme ! Elle était jeune et naïve, en ce temps-là. Mais comment expliquer ça à une toute jeune fille sans détruire la magie dont est auréolé tout premier amour ? Sans détruire toutes ses illusions ?

— Non. Nous étions beaucoup trop jeunes. Je savais bien que ça ne pouvait pas durer.

Et maintenant, oui, ils n'étaient plus que des étrangers.

Des étrangers mari et femme devant la loi…

Mais leur histoire aurait-elle pu durer s'ils lui avaient donné une chance ? Si elle s'était rebellée contre la décision de sa mère ?

Bah ! Avec des si…

— Tante Jenn ? demanda encore Kelly en ralentissant.

— Mmm…

— Comment est-ce qu'on sait que c'est pour toujours ?

Pauvre petite fille ! Elle avait été si choquée par la désertion de son beau-père…

— Aucune idée, Kelly. Quand je le saurai, je te le dirai.

Quand elles arrivèrent à la grange, Stan fit entrer la jeune fille à l'intérieur pour prendre des nouvelles de Pétunia, et Trace posa la main sur l'avant-bras de Jenn. Elle eut l'impression d'être une génisse séparée du troupeau par un habile cow-boy.

— Où est ton fils ?

Jenn fut aussitôt consciente de la gravité de sa voix.

— Au centre aéré. Qu'est-ce qui ne va pas ?

— Il faut que tu viennes avec moi. Miranda vient d'appeler. Quelque chose ne va pas.

— Que se passe-t-il ?

— Elle n'a rien dit de précis. Juste qu'elle ne parvenait pas à te joindre sur ton portable.

— J'ai oublié de le prendre ce matin.

— Elle ne voulait pas appeler Kelly pour ne pas l'inquiéter. Alors, elle a pensé à moi. Peux-tu trouver un prétexte pour laisser Kelly ici ?

— Bien sûr. Ma voiture est garée juste à côté.

Bravo pour la voyante, qui avait dit que tout irait bien pour Miranda !

— Je t'emmène. Tu pourrais avoir besoin de moi.

— Comme tu voudras, Trace.

Jenn se rua dans la grange et donna à Kelly la première excuse qui lui passa par la tête.

— Trace et moi allons déjeuner sur le pouce. Je reviens te prendre plus tard.

Kelly eut un sourire entendu.

— Waouh ! Le beau shérif t'invite à déjeuner. Il ne faut pas rater ça !

Jenn roula des yeux furibonds.

— Sottises ! As-tu assez d'argent sur toi pour t'acheter un sandwich ?

— Oui, oui. Amuse-toi bien !

Jenn se précipita vers la voiture de Trace.

Il ne dit rien pendant le trajet qui les séparait de la maison de Miranda. Jenn songeait de nouveau à ce que leur avait dit la voyante. « Soyez attentive aux messages silencieux. » En ce qui concernait le silence, elle avait eu son compte. Huit ans sans aucune nouvelle de Trace ! se dit-elle tandis que son compagnon se garait dans l'allée. Comment guérir d'une telle blessure ? Etait-ce seulement possible ? La diseuse de bonne aventure s'était déjà trompée, à propos de Miranda. Elle pouvait tout aussi bien s'être trompée sur toute la ligne.

Sautant du 4x4 avant même que le moteur ne soit arrêté, Jenn grimpa d'un bond les marches de la véranda. Trace la talonnait. Miranda était étendue sur le divan, dans la salle de séjour, blanche comme un linge. Se laissant tomber sur les genoux, Jenn lui prit la main. Elle était glacée.

— Miranda, mon chou, que s'est-il passé ?

— J'ai commencé à avoir des contractions, expliqua la jeune femme d'une voix tremblante. J'ai appelé le docteur, et il a dit qu'il fallait que je m'allonge en attendant que je puisse être transportée à l'hôpital. Où est Kelly ?

— Je l'ai laissée à la foire. Elle ne demandait que ça.

Miranda eut l'air soulagée.

— Merci.

— Qu'a dit le médecin, exactement ? fit Trace d'une voix brève.

— Qu'on me conduise à l'hôpital dès que les contractions se seront calmées. Et si ça dure trop longtemps, qu'on appelle une ambulance. Mon Dieu, j'ai toujours aussi mal…

Et elle se mit à pleurer. Le cœur de Jenn se serra. Miranda ne pleurait jamais.

Trace remit sa compagne sur ses pieds.

— Ouvre la porte, s'il te plaît. Je vais porter Miranda jusqu'à la voiture.

Il prit Miranda dans ses bras et la souleva du divan.

— Trace McCabe ! Repose-moi tout de suite. Tu vas attraper une hernie, plaisanta la jeune femme au milieu de ses larmes.

Trace s'esclaffa et se dirigea vers la porte.

— Douterais-tu de ma condition physique, Miranda ?

La jeune femme rit, et ses joues reprirent un

peu de couleurs. Jenn poussa la moustiquaire et courut ouvrir la portière arrière de la voiture. Doucement, Trace déposa la jeune femme sur le siège et ferma la portière. Elle avait déjà l'air d'aller mieux.

Le jeune homme avait toujours eu le don de rassurer les gens, de faire comme si tout allait bien. Comme Jenn se glissait sur le siège du passager, elle prit conscience, avec une brusque morsure au cœur, que c'était un homme comme celui-là qui lui avait manqué toutes ces années.

Mais pas n'importe quel homme.

Lui, Trace McCabe.

Elle repoussa cette idée. Non, elle n'avait pas besoin de lui. Sa vie correspondait exactement à ce qu'elle avait voulu en faire. Elle avait découvert bien trop tôt à quel point la vie pouvait devenir difficile quand votre bonheur dépendait de quelqu'un d'autre.

La voiture démarra, et elle décida de penser à autre chose. Miranda avait besoin d'elle.

Pas question de gaspiller son énergie à de vains regrets.

# 6.

Jenn se tournait et se retournait dans son lit depuis des heures. Eveillée, elle s'inquiétait pour Miranda. Endormie, elle rêvait de Trace. Contrariée de ne pouvoir trouver le sommeil réparateur dont elle avait besoin, elle se leva pour aller boire un verre de lait.

Au moins, elle n'avait pas besoin de se soucier de Zack. Il avait été invité par un camarade du centre aéré à dormir chez lui.

Mais comme elle passait devant la chambre de sa nièce, dont la porte était ouverte sur l'obscurité de la nuit, sa bouche s'ouvrit toute grande. Le lit était vide.

Les couvertures étaient nettement tirées. Les fenêtres et les volets fermés. Le petit sac à main en toile de la jeune fille, habituellement posé sur la commode, n'était plus là. Jenn avait souvent taquiné Kelly parce qu'elle l'emportait partout avec elle, même pour aller rendre visite à Pétunia.

Elle descendit au rez-de-chaussée pour inspecter la chambre de sa sœur. Peut-être que l'adolescente, angoissée par l'absence de sa mère, avait trouvé refuge dans son lit ?

La chambre de Miranda était vide, elle aussi.

Pas de panique ! Ce n'état pas le moment de perdre son sang-froid.

Tout en passant la maison au peigne fin, dans l'espoir absurde de retrouver Kelly blottie sur un divan, dans le fauteuil de la chambre du bébé ou même sur un vieux canapé défoncé du grenier, Jenn se repassait le film des événements de la soirée.

Les médecins avaient réussi à arrêter les contractions de Miranda, mais ils avaient préféré la garder. Trace avait téléphoné à Stan pour qu'il amène Kelly voir sa mère, puis il avait raccompagné Jenn et sa nièce chez elles. Il avait même trouvé le moyen de faire déposer la voiture de Jenn devant la maison.

Il s'était occupé de tout. Il avait apaisé Miranda avec son sens de l'humour, rassuré Kelly et fait en sorte que Zack soit pris en charge, lui aussi.

Il traitait Jenn poliment, comme une étrangère.

Et cela avait fait mal à la jeune femme, malgré tout.

Et maintenant, pour couronner le tout, Kelly avait fait une fugue !

Jenn fouilla la chambre de la jeune fille pour y trouver un carnet d'adresses, un numéro de téléphone qui puisse la mettre sur la voie. Mais rien. Aucun indice, ni dans la pagaille des tiroirs de la commode, ni dans la penderie, ni sur la table de travail, encombrée de bandes dessinées et de cahiers de cours.

Mon Dieu ! Qu'allait-elle dire à Miranda ? Les médecins avaient ordonné le calme et le repos. Comment lui annoncer que sa fille avait disparu ?

Il était 2 heures du matin. Impossible d'appeler sa sœur, qui avait sans doute une idée des camarades que sa fille fréquentait habituellement, ni son beau-frère, qui avait clairement signifié que tout cela ne l'intéressait plus. Du reste, il était à Mexico.

Jenn n'avait pas oublié la compétence et la présence d'esprit dont Trace avait fait preuve cet après-midi-là. Et si elle faisait appel à lui ?... Mais il avait manifesté une telle froideur ! Courage !

Ce n'était pas pour elle, mais pour Kelly qu'elle faisait ça. Et pour sa mère.

Jenn se souvenait très bien de son adolescence. Elle savait quels dangers menaçaient les jeunes filles dans la nuit. Plusieurs fois, Trace et elle avaient assisté à des fêtes qui avaient mal tourné…

Elle prit l'annuaire de Blossom dans la bibliothèque et trouva tout de suite le numéro de Trace. Posant un doigt tremblant sur la ligne noire qui se brouillait sous ses yeux fatigués, elle chercha désespérément une alternative. Mais il n'y avait pas d'autre solution. Elle ne connaissait plus les gamins de la ville et n'avait aucune idée de l'endroit où ils pouvaient organiser des soirées. En tant que shérif, Trace devait savoir tout ça.

Elle s'empara du téléphone, composa hâtivement le numéro en priant pour que le jeune homme fût chez lui.

Sa voix familière, enrouée par le sommeil, répondit à la troisième sonnerie.

— McCabe à l'appareil.

Un frisson parcourut la moelle épinière de Jenn. Elle s'humecta les lèvres.

— Trace ! C'est Jenn. Je suis désolée de te réveiller.

— Miranda va bien ?

— Je le suppose. Ce n'est pas pour ça que je t'appelle…

Jenn réprima un sanglot et ajouta dans un souffle :

— Kelly a disparu.

— Comment ça, disparu ?

Elle entendit le froissement des draps et refoula la vision de Trace nu dans son lit.

— Elle n'est pas dans sa chambre.

— Depuis combien de temps est-elle partie ?

Jenn essuya la larme qui coulait le long de son nez.

— Je ne sais pas. Quand nous sommes rentrées de l'hôpital, vers 21 heures, elle a dit qu'elle avait mal à la tête et s'est enfermée dans sa chambre. Je suis allée me coucher dix minutes après elle.

— Peut-elle être retournée là-bas ?

Jenn réfléchit à cette possibilité.

— Pas sans voiture. Et il n'y a plus de bus à cette heure.

— Elle peut avoir des amis qui ont une moto ou une voiture.

Trace parlait avec un tel calme que, petit à petit, la jeune femme se ressaisit.

— Oui, c'est possible. Mais elle m'aurait laissé un mot.

— Je vais téléphoner là-bas et je te rappelle.

— D'accord. Merci.

La seule réponse fut un petit clic l'informant que Trace venait de raccrocher.

Jenn, s'efforçant de ne pas penser à tout ce qui pouvait être arrivé à Kelly, alluma la lumière dans la cuisine et entreprit de vider le lave-vaisselle pour s'occuper. Quand tout fut rangé, elle nettoya le réfrigérateur, évitant de s'écarter de plus d'un mètre du combiné téléphonique fixé au mur.

Quand il sonna, son cœur manqua un battement. Si seulement ce pouvait être Kelly !

— Oui, allô !

C'était Trace.

— Elle n'est pas à l'hôpital. J'ai appelé les infirmières de garde à l'étage de Miranda.

Jenn se mordit la lèvre jusqu'au sang.

— J'ai aussi appelé le commissariat. Il y a eu deux plaintes pour tapage nocturne causé par des jeunes.

Enfin quelque chose à quoi se raccrocher !

— Où ? Je vais voir si elle y est.

Jenn cherchait déjà d'une main ses clés de voiture posées sur la table.

Trace toussota.

— Je ne peux pas te laisser faire ça.

— Pourquoi ?

— Parce qu'une fois que j'ai appelé mes services, ça devient une démarche relevant de la justice. Je vais m'en charger.

Il avait un ton distant, presque officiel.

— Je veux aller avec toi, Trace. Je me fais tellement de souci. Je ne peux pas rester là, à ne rien faire.

Elle se serait giflée pour son ton quasi hystérique.

Trace eut un claquement de langue impatient.

— Jenn ! Tu dois me faire confiance. Tu ne peux pas t'occuper de ça.

— Mais…

Il l'interrompit.

— Attends chez toi. Je vais te la ramener.

Et il raccrocha.

— Entendu, murmura la jeune femme devant le récepteur muet.

Elle passa l'heure suivante à finir de nettoyer le réfrigérateur, puis alla dans la buanderie chercher le linge sale, qu'elle fourra dans la machine à laver en tâchant de rester positive. Elle terminait juste de frotter le carrelage de la cuisine quand elle entendit un bruit de moteur. Le pinceau lumineux des phares d'une voiture traversa la salle de séjour plongée dans l'ombre. Il se posa sur le vaisselier puis s'éteignit.

Jenn lança la serpillière dans le seau et se rua vers la porte d'entrée. Le 4x4 de Trace était garé dans l'allée, et il poussait devant lui une Kelly hilare et titubante.

Aussitôt, l'inquiétude de Jenn se mua en rage froide. Kelly était ivre. Peut-être pis encore.

La gamine vit sa tante sous le porche.

— Salut, tante Jenn ! hurla-t-elle avec un grand geste du bras.

— Chut ! la rabroua Jenn. Qu'est-ce que les voisins vont dire ?

Elle se frappa le front de la paume de sa main. Voilà qu'elle parlait comme sa mère.

Kelly grimpa les marches en vacillant, une chanson à la bouche. Jenn l'attrapa par le bras et la tira dans la maison.

— Je t'aime, tante Jenn, hurla la gamine en l'enveloppant de ses bras.

Elle sentait la bière et le haschich.

Jenn s'apprêtait à la sermonner, mais s'interrompit. Inutile pour le moment. Elle n'était pas en état de l'écouter.

— Moi aussi, je t'aime, articula-t-elle entre ses

dents serrées en se débarrassant tant bien que mal de l'étreinte de sa nièce.

Trace prit Kelly par un bras, Jenn par l'autre, et ils entreprirent de la monter dans sa chambre.

— Tu as vu qui m'a raccompagnée à la maison ? Ton beau shérif.

Opinant du chef, Jenn regarda Trace à la dérobée. Il dissimulait assez mal son envie de rire.

— Oui, oui, j'ai vu.

Kelly s'arrêta net sur une marche.

— C'est ton chéri, hein, tante Jenn ? dit-elle dans un chuchotement rauque. Je suis rentrée à la maison avec ton chéri.

Jenn, rouge comme une pivoine, propulsa Kelly dans la salle de bains, en ferma la porte derrière elle et entreprit de débarrasser la jeune fille de ses vêtements, qui sentaient l'alcool et la fumée. Elle glissait la chemise de nuit de Kelly par-dessus sa tête quand elle entendit un bruit bizarre. Elle rabattit le léger vêtement sur le corps de la jeune fille. Kelly ne riait plus, et son teint avait viré au vert.

Sa nièce allait payer maintenant le prix de son escapade.

— Bon, allons-y, dit-elle gentiment en poussant

Kelly vers les toilettes. Reste là jusqu'à ce que ça aille mieux.

Jenn quitta la pièce dont elle referma la porte.

Sur le palier de l'étage, elle hésita un instant. Qu'est-ce qui était le pis ? Rester avec Kelly, sachant ce qui allait se passer, ou affronter Trace après ce que sa nièce avait dit ?

Son chéri…

Elle s'appuya contre le mur, soudain épuisée. Sa peur et son appréhension s'étaient transformées en une fatigue accablante.

Se redressant d'un coup de reins, elle descendit l'escalier. Elle devait remercier Trace pour avoir ramené Kelly à la maison, et lui demander où il l'avait trouvée. Quant à imaginer le juste châtiment pour Kelly, cela pouvait attendre jusqu'à demain.

L'odeur du café l'attira dans la cuisine. Trace, le dos tourné, regardait par la fenêtre donnant sur le jardin.

Quand il entendit la jeune femme entrer, il se retourna et s'appuya contre le bar.

— Je me suis permis de faire du café. Maintenant que je suis debout, je vais commencer ma journée.

Il l'étudia un instant avant d'ajouter :

— Ça va aller ?

— Ça ira. Pas de problème pour la cafetière. C'est la moindre des choses.

— Je t'en sers un ? dit-il en tendant la main vers le placard qui contenait les tasses.

Jenn ne fut pas surprise qu'il sache où elles étaient rangées. Quand ils se fréquentaient, Trace était aussi à l'aise dans cette cuisine que dans celle de ses parents.

Elle le regarda remplir les tasses. La scène semblait presque trop familière. Auraient-ils connu ces mêmes moments d'intimité en tant que mari et femme ? Ces paisibles instants de vie privée ? Elle repoussa cette idée.

— Je suis désolée de t'avoir ainsi tiré du lit. Je ne savais vraiment pas à qui m'adresser.

Il agita la main dans l'air et lui sourit.

— Le sergent de garde m'aurait de toute façon appelé d'une minute à l'autre pour faire une descente dans cette petite fête sympathique mais un peu trop agitée. Comment va Kelly ?

Jenn eut une petite grimace.

— Elle est en train de vomir.

Trace hocha la tête avec un petit rire.

— Moi-même, à son âge…

— Vraiment ? s'étonna Jenn.

Elle ne l'avait jamais vu boire plus d'une ou deux bières, très occasionnellement.

Il haussa les épaules.

— Bah ! Simple rite de passage.

— Pas pour moi. C'était plutôt… dégradant, non ?

Trace lui lança un long regard.

— Ça ne m'étonne pas de toi. Déjà à l'époque, tu n'aimais pas beaucoup perdre le contrôle.

Contrariée, Jenn demanda, les poings sur les hanches :

— Qu'est-ce que tu entends par là ?

— Allons, Jenn, tu le sais bien, répondit Trace en posant sa tasse fumante sur le bar. Tu détestais que les choses n'aillent pas comme tu l'avais prévu.

La remarque avait fait mouche. Jenn avait l'impression d'être une maniaque de l'organisation.

— Mais… je peux m'adapter.

S'il hocha la tête, elle avait la nette impression qu'il n'en croyait pas un mot.

— Je n'ai jamais bu, expliqua-t-elle sur la défensive, parce j'ai déjà assisté à quelques retours de fête de Miranda, qui passait en général ce qui restait de la nuit dans la salle de bains. Ce n'est pas un joli spectacle. Et ça m'a toujours paru une manière particulièrement stupide de s'amuser.

Trace but une gorgée de café.

— Apparemment, Kelly tient de sa mère.

— Oui, approuva Jenn, heureuse que la conversation ne la prenne plus pour cible. Plus qu'elles ne sont prêtes à l'admettre toutes les deux.

Trace se versa une autre ration de café.

— Tu en veux ?

Jenn refusa après un coup d'œil à la pendule de la cuisine.

— Non. Il faut que je dorme un peu. Dis-moi où tu l'as trouvée.

— Chez les Simon. Les parents sont en Europe pour deux semaines, pour leur vingtième anniversaire de mariage.

— Et ils ont laissé leurs enfants seuls ? Deux garçons de quinze et dix-sept ans ? Mais c'est de l'inconscience !

— Ils penseront certainement la même chose en voyant l'état de leur maison. Ce n'est certainement pas la première fête que leurs fils donnent depuis qu'ils sont partis !

— Hum. Kelly risque-t-elle d'être ennuyée ?

Trace haussa un sourcil.

— Tu veux dire… par les forces de l'ordre… C'est-à-dire par moi ?

Jenn acquiesça.

— Non. Ils étaient bien une quarantaine, ce soir. Les parents seront tous prévenus, les uns après les autres. Ce sera à eux d'envisager la sanction méritée par leur rejeton.

Trace avait raison. C'était la meilleure chose à faire. Jenn se frotta les yeux. Il faudrait qu'elle prévienne Miranda au plus tôt, avant que la nouvelle ait commencé à circuler. C'était l'une des choses qu'elle détestait le plus dans les petites villes. La rumeur.

Elle sentit les larmes se presser sous ses paupières.

— Tout ça est ma faute.

Elle avait failli à ses responsabilités. Avec une jeune fille de quinze ans, bouleversée par sa situation familiale et perturbée par ce que lui avait dit cette soi-disant voyante, tout pouvait arriver.

— Non, rétorqua Trace en lui prenant le menton entre deux doigts. Eh ! Mais tu pleures…

Jenn eut un long soupir tremblant. Mon Dieu ! Tout, mais ne pas éclater en sanglots ! Pas devant Trace.

Et, tout à coup, elle se retrouva dans le cercle

rassurant de ses bras, serrée contre sa poitrine. Sa vie en eût-elle dépendu, elle aurait été incapable de dire lequel des deux avait bougé le premier.

— Vas-y, Jenn, pleure un bon coup. Tu ne peux pas toujours tout maîtriser.

Mais elle le devait. C'était pour elle la seule manière de gérer sa vie. La seule manière de protéger les gens qu'elle aimait.

Oh ! songea-t-elle tandis qu'il la berçait dans ses bras, c'était probablement le dernier endroit où elle devait être…

En dépit de tout, elle posa sa tête contre le torse de Trace, se laissant apaiser par les lents battements de son cœur.

Pour la première fois depuis des années, la jeune femme se sentait à sa place, en sécurité. Juste une minute, se dit-elle. Pas plus d'une minute.

Elle soupira et se blottit plus étroitement encore contre lui.

entourant de ses bras. Serrée contre sa poitrine. Sa vie en eût-elle dépendu, elle aurait été incapable de dire lequel des deux avait bougé le premier.

— Vas-y, Jenn, pleure un bon coup. Tu ne peux pas toujours tout maîtriser.

Mais elle le devait. C'était pour elle la seule manière de gérer sa vie. La seule manière de protéger les gens qu'elle aimait.

Oh ! songea-t-elle tandis qu'il la berçait dans ses bras, c'était probablement le dernier endroit où elle devait être...

En dépit de tout, elle posa sa tête contre le torse de Trace, se laissant apaiser par les lents battements de son cœur.

Pour la première fois depuis des années, la jeune femme se sentait à sa place en sécurité. Juste une minute, se dit-elle. Pas plus d'une minute.

Elle soupira et se blottit plus confortablement encore contre lui.

# 7.

Trace pressait sa joue contre la tempe de la jeune femme. Comme elle lui avait manqué ! C'était seulement maintenant qu'il mesurait à quel point. Il gardait une telle rancœur contre elle, et depuis si longtemps, qu'il avait oublié combien elle était à sa place dans ses bras.

S'il sentait sa rancune fondre lentement, il ne perdait cependant pas de vue que le fossé qui s'était creusé entre eux était toujours là. Ce n'était qu'une étreinte passagère, qui n'avait aucun sens particulier pour Jenn.

Pourtant, tout son corps lui disait le contraire. L'envie de soulever Jenn dans ses bras et de l'emporter dans sa chambre le submergea soudain comme une de ces vagues inattendues qui, dans l'océan, vous renversent et vous roulent sur le sable, vous laissant hors d'haleine…

Mais pas question de faire l'idiot. Dans son

travail, il avait réconforté assez de gens après un traumatisme pour savoir combien fugitif était ce moment d'abandon.

Jennifer avait largement démontré huit ans plus tôt qu'il n'y avait pas de place pour lui dans sa vie. Et il avait compris la leçon.

Il relâcha son étreinte et, comme Jenn ne bougeait pas, recula d'un pas.

— Il faut que tu te reposes. Tout à l'heure, tu devras affronter Kelly !

Jenn, sans répondre, leva vers lui un visage sans expression. Puis son regard se fixa sur un point derrière son dos.

— Il faut que je réfléchisse à la punition qu'elle mérite. Peut-être devrais-je l'enfermer dans sa chambre et la mettre au pain sec et à l'eau jusqu'à la rentrée des classes ?

Il rit, ne sachant s'il devait se sentir triste ou soulagé. De nouveau, ils n'étaient plus que de vagues connaissances.

— Dans la matinée, quand tu lui parleras, souviens-toi de celle que tu étais au même âge.

— Je ne me suis jamais comportée comme ça, même à quinze ans, protesta-t-elle.

Puis elle sembla se raviser, et une lueur étrange passa dans son regard.

Trace savait à quoi elle pensait. Il se souvenait lui aussi comme si c'était hier des nuits qu'ils avaient passées ensemble. Elle était plus âgée que Kelly, alors, et elle ne buvait pas. Mais elle aussi s'était échappée par la fenêtre de sa chambre. Et plus d'une fois !

Ce souvenir doux-amer était maintenant entre eux, comme une ombre vivante.

Finalement, Jenn parut se ressaisir.

— Merci pour tout, dit-elle en s'écartant. Sans toi, je ne sais pas ce que j'aurais fait.

— Ce n'est rien. Travail de routine, pour un policier.

Il se dirigea vers la porte, surpris que Jenn lui emboîte le pas.

Elle le suivit jusqu'à sa voiture.

— Trace ? Kelly avait-elle son sac avec elle quand tu l'as retrouvée ?

La chevelure de la jeune femme luisait dans le clair de lune comme un casque d'argent.

Détournant son regard du charmant spectacle qu'elle offrait, Trace se concentra sur le moment où il avait fait irruption dans la grande maison dévastée.

— Je ne sais pas, hésita-t-il. Dans toute cette confusion…

Il ouvrit la portière du côté passager et la lumière du plafonnier s'alluma. Là, glissé entre les deux sièges, était coincé un petit sac à main orné d'épingles de nourrice sur lesquelles étaient enfilés des boutons multicolores.

— Je l'ai trouvé ! s'exclama-t-il en le levant bien haut.

Il le déposa dans les mains tendues de Jenn.

— Merci ! Merci encore, Trace.

Le menton de la jeune femme tremblait.

Trace, sensible à sa détresse, serra les poings. Il devait partir avant de commettre une terrible erreur.

— Bah ! Ce n'est rien. Rentre vite et va te coucher, bougonna-t-il.

Et, contournant son véhicule en deux enjambées, il ouvrit sa portière et se réfugia derrière son volant.

— Trace ?

Il se pencha vers la portière côté passager et entrouvrit la vitre.

Une grosse larme roulait sur la joue de Jennifer.

— Trace ! Ne pouvons-nous au moins être… amis ?

Jamais il ne l'avait vue pleurer. Jadis, quand

elle était en colère, elle se contentait de quelques mots durs, de paroles qui faisaient mouche. Elle ne montrait jamais ses émotions.

— Jenn, mon chou… nous avons toujours été amis.

Des mots qui sonnaient creux.

Il ne considérait pas Jenn comme une amie. Des amis ne s'évitaient pas pendant huit ans pour ensuite avoir envie de faire l'amour dès qu'ils se retrouvaient. Ce qui les liait n'avait rien à voir avec l'amitié. C'était quelque chose d'entièrement différent.

Quelque chose qu'il n'avait pas envie d'analyser.

D'autant plus que, théoriquement parlant, ils étaient toujours mari et femme…

Alors, avant même qu'il ait eu le temps de réagir, Jenn ouvrit la portière et se jeta sur le siège à côté de lui. Et, avec un sourire vacillant et des yeux noyés, elle posa ses mains sur les épaules de son compagnon, le força à se tourner vers elle.

Puis, doucement, elle le récompensa d'un baiser sur la joue.

La peau de la jeune femme était douce et chaude. Il huma le parfum fleuri de ses cheveux, et toute pensée raisonnable déserta son cerveau.

Glissant ses mains autour de sa taille, il l'attira contre lui, respirant avidement son odeur. Il ne voulait pas l'embrasser comme on embrasse une amie. Il voulait l'embrasser comme un homme embrasse la femme qu'il a voulu faire sienne pour toujours.

Il tourna à peine la tête, juste assez pour que sa bouche rencontre celle de Jennifer. Elle se figea un instant mais, au lieu de s'éloigner, se pressa contre lui. Il sentit le petit sac de Kelly glisser sur la moquette, comme il sentait son propre sang-froid glisser entre ses mains. S'abandonnant à la douceur de l'étreinte, il redécouvrit le goût de Jennifer. La ferveur de ses baisers.

Elle soupira contre ses lèvres, et une flèche de désir le traversa…

Alors, chaque fibre de son être protestant véhémentement contre sa décision, Trace libéra la jeune femme. Elle soupira encore, les yeux fermés, puis, ouvrant la portière, ramassa le sac de Kelly et s'en alla lentement dans la nuit.

Trace savait qu'elle s'en voudrait de ce qui venait de se passer. Il la connaissait assez pour savoir qu'embrasser son ex-petit ami ne faisait pas partie de ses plans.

« Triple idiot ! », se dit-il pour lui-même en allumant son moteur.

Il attendit que la porte de la maison se soit refermée, puis fit marche arrière dans l'allée. Allez ! Il était temps de se mettre au travail. Il avait devant lui quelques heures de tranquillité avant que ses hommes viennent prendre leur service.

Quand il arriva devant le poste de police, il aperçut dans la lueur des phares quelque chose qui pendait, accroché à la poignée de la porte. En s'approchant, les yeux aiguisés dans le noir, il reconnut un nain de jardin à la trogne réjouie, déguisé en jockey.

Trace se massa la nuque. Sauf erreur, la dernière fois qu'il avait vu cette œuvre d'art, c'était sur la pelouse de Bitsy Duprés. Secouant la tête, il détacha l'otage de son support et l'emporta dans son bureau.

Le soleil ne s'était pas encore levé, et la journée avait déjà commencé.

La tête sonnante comme un tocsin, Jenn entra dans la maison, s'appuya contre la porte et écouta la voiture du jeune shérif s'éloigner dans la nuit.

Elle effleura sa bouche d'une main tremblante.

Elle sentait encore le contact des lèvres de Trace. Dans sa poitrine, son cœur battait à un rythme affolé. Seul Trace pouvait la mettre dans un tel état de vibration, presque de panique.

Elle était trop lasse pour réfléchir. Elle n'aspirait plus qu'à poser sa tête sur son oreiller et à dormir.

Elle monta l'escalier avec des jambes de plomb et s'arrêta devant la chambre de sa nièce pour y jeter un coup d'œil. Kelly, roulée dans une position fœtale, dormait à poings fermés.

Jenn éteignit le téléphone portable de la jeune fille et, regagnant sa chambre, déposa le sac sur une étagère. Puis elle se coucha à son tour et s'endormit aussitôt.

Elle fut réveillée par le soleil qui entrait à flots par sa fenêtre. Il fallait qu'elle aille chercher Zack et son petit camarade pour les emmener au centre aéré. Elle prit une douche et s'habilla en un temps record.

Dans la cuisine, la cafetière était toujours branchée et l'odeur du café fit remonter en Jenn les souvenirs de la nuit passée.

Elle pouvait toujours trouver toutes les excuses du monde pour avoir laissé Trace l'embrasser.

Mais le fait était qu'elle avait aimé ça. Et qu'elle ne devait pas laisser cet événement se reproduire.

Elle vida la cafetière, la rinça et fit du café frais. Elle avait besoin de caféine pour y voir clair.

Elle regarda le noir liquide tomber goutte à goutte, se sentant aussi peu préparée que possible pour la journée qui l'attendait.

D'abord Kelly. Elle allait réveiller la jeune fille et la faire déjeuner. Etant donné l'état nauséeux dans lequel elle devait être, ce serait sa première punition. Puis, après être passée prendre Zack et son camarade, elle la conduirait à la foire pour qu'elle s'occupe de Pétunia. Comme si de rien n'était. La jeune fille aurait toute la journée pour se demander à quelle sauce elle serait mangée.

Bon. Le problème Kelly était en partie résolu. Restait Trace, songea-t-elle en posant un peu trop brutalement la poêle sur la grille de la cuisinière.

Amis, voilà ce qu'ils devaient être. Amis et rien d'autre.

Leurs chemins s'étaient séparés huit ans plus tôt. Ils n'étaient pas faits l'un pour l'autre. Trace appartenait à Blossom, et elle avait bien l'intention de retourner à Dallas. Elle aimait organiser sa vie, faire des projets. Trace préférait vivre au jour le jour.

Il avait assez montré sa légèreté d'esprit en improvisant cette fuite et ce mariage à la dérobée. Si elle avait pris la peine d'y réfléchir, elle aurait tout de suite vu que ce n'était pas une bonne idée.

Hochant la tête, elle monta à l'étage pour réveiller sa nièce.

Sur le seuil de la pièce, elle contempla la jeune fille endormie. Kelly, blottie dans son lit, serrant contre elle une peluche imaginaire, ressemblait à une toute petite fille. Jenn eut un sourire machiavélique. Se dirigeant droit vers la fenêtre, elle en tira brusquement les rideaux.

— Bonjour !

Kelly se retourna avec un grognement.

Jenn la secoua sans ménagement.

— J'ai dit « Bonjour ! », Kelly. Il faut te lever.

Kelly gémit encore et tira sur sa tête les couvertures, qui furent immédiatement arrachées.

— Allez, Kelly. Je t'attends dans la cuisine. J'ai fait de délicieuses crêpes !

Un marmonnement inintelligible sortit des oreillers.

— Kelly ! Il est 7 heures. Il faut que nous soyons dans la voiture dans dix minutes. Zack et son ami nous attendent.

Sur ces mots, Jenn sortit de la pièce en rabattant bruyamment la porte contre le mur.

# 8.

Jenn regardait Kelly retirer le fumier du box de Pétunia. La jeune fille semblait mesurer tous ses gestes, comme si elle avait peur que sa tête ne se décroche de ses épaules et ne roule dans la paille.

Elle n'avait pas encore dit un mot à propos de sa « virée » nocturne et n'avait pas non plus évoqué la disparition de son sac et de son téléphone.

En fait, depuis qu'elle s'était levée, elle avait à peine ouvert la bouche.

Elle se contentait d'observer Jenn à la dérobée, l'air interrogateur, baissant les yeux sitôt que sa tante tournait la tête.

La jeune femme avait décidé de maintenir le *statu quo* pour le moment. Cela ferait le plus grand bien à la jeune fille de se triturer la cervelle pour savoir exactement ce qui s'était passé la nuit dernière et quelles en seraient les conséquences.

Plusieurs des amis de Kelly s'étaient arrêtés pour lui dire bonjour. Jenn avait affiché une neutralité souriante qui n'avait pas manqué d'en étonner plus d'un.

Ils s'imaginaient sans doute d'une grande subtilité mais, d'un seul coup d'œil, Jenn pouvait dire qui avait été de la fête et qui ne l'avait pas été.

Les efforts physiques qu'elle devait fournir et le suspense torturant que lui imposait sa tante avaient mis Kelly à l'agonie, augmentant d'autant la bonne humeur de Jenn.

Quand elle fut sûre que la jeune fille survivrait à l'épreuve du curage de l'enclos de sa truie, elle annonça d'une voix sucrée :

— Je m'absente une heure ou deux. Je reviendrai te chercher pour le déjeuner. N'oublie pas que nous nous sommes inscrites pour juger le concours de pâtisseries.

Le visage de Kelly se rembrunit, et elle hocha lentement la tête — s'interrompant aussitôt, comme si ce simple geste déclenchait une douleur insupportable.

Jenn réprima un sourire. Elle était passée au bureau de la foire pendant que Kelly nourrissait Pétunia et les avait inscrites, sa nièce et elle, pour toutes les activités qu'elle avait pu trouver. Elle s'était trouvé comme prétexte qu'elle ne voulait pas que la jeune fille reste oisive. Mais, tout au fond d'elle, elle savait bien que plus elle passait de temps à la foire, plus elle avait de chances de rencontrer Trace.

Elle n'avait pas oublié le bien-être éprouvé dans ses bras. Bien sûr, elle jouait avec le feu. Mais quand il s'agissait de Trace, elle paraissait incapable de résister à la tentation.

Glissant la lanière de son sac sur son épaule, elle demanda, non sans perversité :

— As-tu essayé les beignets frits au chocolat, mon chou ? J'en achèterai pour le dessert.

Sur cette flèche du Parthe, elle tourna les talons et se dirigea vers le parking.

Nul doute que les amis de Kelly allaient fondre sur elle pour l'interroger sur la manière dont ses exploits avaient été reçus par sa famille.

Et ce soir, après que Jenn aurait informé Miranda de ce qui s'était passé, la tante et la nièce s'expliqueraient franchement.

L'intention de Jenn était d'aller prendre des nouvelles de sa sœur. A peine fut-elle entrée dans l'hôpital que l'odeur de désinfectant, la vue du carrelage blanc et des murs vert d'eau attristèrent son humeur.

C'était là que son père et sa mère étaient morts. Puis le premier mari de Miranda, que Jenn adorait positivement. C'était là aussi qu'elle était venue après sa fausse couche.

Tandis que les semelles de cuir de ses sandales crissaient sur le sol, elle repoussa le flot de souvenirs amers. Tout irait bien pour Miranda et son bébé. Elle se refusait à envisager toute autre possibilité.

S'arrêtant devant la porte de la chambre de sa sœur, elle prit une profonde inspiration. Pourvu que Miranda ait la chambre pour elle toute seule. D'ordinaire, on préférait laver le linge sale en famille.

Elle se figea, une main sur la poignée de la porte. C'était la deuxième fois en l'espace de quelques jours qu'elle disait ce que sa mère aurait dit dans les mêmes circonstances.

Trace avait-il raison ? Etait-elle à ce point conditionnée par son éducation ? Il faudrait qu'elle y réfléchisse. Plus tard.

Elle poussa la porte et découvrit Miranda en train de regarder la télévision.

Sa sœur lui adressa un large sourire.

— Bonjour, mon chou. Je ne t'attendais pas avant cet après-midi.

Au grand soulagement de Jenn, Miranda avait l'air fraîche et dispose.

— Zack est au centre aéré et Kelly s'occupe de sa truie. J'ai pensé que je pouvais faire un saut. Comment vas-tu ?

— Plus de contractions. Et ma tension est redevenue normale.

Jenn tira une chaise près du lit.

— Bonne nouvelle ! Mais accroche-toi bien ! Ça risque de changer.

Miranda lui jeta un regard alarmé.

— Pourquoi ? Que se passe-t-il ? As-tu annoncé à Trace que votre mariage n'était pas annulé ? Comment l'a-t-il pris ?… Allez ! Raconte tout à ta grande sœur chérie.

Jenn se laissa tomber sur la chaise.

— Ce n'est pas à propos de Trace… Kelly a passé une bonne partie de la nuit dehors. C'est Trace qui l'a retrouvée et ramenée à la maison. Elle n'était pas tout à fait dans son état normal.

Miranda eut une expression horrifiée.

— Elle… elle avait bu ?

— Bu et fumé.

La jeune femme se redressa dans son lit d'un coup de reins.

— Mon Dieu ! Mais ce n'est encore qu'une enfant !

— A dire vrai... je me souviens parfaitement t'avoir vue rentrer dans le même état au même âge, remarqua Jenn, mi-figue, mi-raisin.

Miranda réfléchit un instant.

— Bien sûr, je pourrais lui tomber dessus quand elle viendra me voir cet après-midi.

Jenn hocha pensivement la tête.

— Qu'est-ce que tu pensais quand maman te tombait dessus, comme tu dis ?

— Que je ferais tout ce qui me passerait par la tête dès qu'elle aurait le dos tourné ! Simplement pour lui montrer ce dont j'étais capable.

Jenn acquiesça, se rappelant les interminables disputes entre sa sœur et sa mère.

— Et si j'avais plutôt une petite conversation avec elle quand le moment me semblera approprié ?

Miranda lança un regard reconnaissant à sa sœur.

— Ce serait la meilleure solution. Elle te fait confiance et elle a beaucoup d'affection pour toi.

Jenn jeta un coup d'œil à sa montre.

— Elle n'est même pas obligée de savoir que tu sais.

Miranda opina.

— Remercie Trace pour moi, veux-tu ? dit-elle comme sa cadette se levait pour l'embrasser.

— Compte sur moi, répondit Jenn, ennuyée que cet autre bon prétexte pour le revoir accélérât les battements de son cœur.

Elle se comportait comme une adolescente. Jusqu'où sa bêtise pourrait-elle aller ?

La réponse à cette question lui fit peur.

Trace, debout sous le porche de Bitsy Duprés, la regardait accueillir son jockey en plastique multicolore comme s'il s'agissait d'un enfant qu'on aurait kidnappé. Elle tamponnait ses yeux avec un minuscule mouchoir rose en caressant la tête ronde de son nain préféré.

— Oh ! Shérif… Comment vous remercier ?

Trace s'efforça de ravaler son sourire.

— Inutile, Bitsy, je n'ai fait que mon devoir.

Au moins cette fois, elle n'accusait pas les employés du champ de foire.

Il était parvenu, sans le vouloir, à lui rapporter son nain de jardin avant même qu'elle ne se fût aperçue de sa disparition. Pas comme les quatre autres victimes, qui l'avaient appelé dès la première heure ce matin…

Apparemment, les garnements de Blossom s'en étaient donné à cœur joie la nuit dernière. Ce vandalisme bon enfant avait dû avoir lieu juste avant ou juste après l'une des fêtes qui avaient suscité les protestations du voisinage.

Trois des décorations de jardin avaient été retrouvées. L'une, une grosse oie blanche, était perchée sur le chapiteau de la fontaine de la place centrale d'une petite bourgade des environs. Un elfe hideux et bedonnant avait été abandonné devant la vitrine du salon de beauté de Blossom, avec autour du cou un billet suppliant de lui refaire un lifting complet. Trace n'en revenait toujours pas que son propriétaire tienne à le récupérer.

L'affaire était dans son ensemble plutôt anodine, sachant ce que pouvait faire une bande d'adolescents livrés à eux-mêmes. Malheureusement, ils avaient eu la mauvaise idée de prendre pour cibles les illustres membres de la Commission pour les bonnes mœurs.

Les victimes considéraient donc évidemment ces méfaits comme une preuve supplémentaire de la déchéance de la jeunesse. Les coupables traçaient eux-mêmes leur chemin pour « aller droit en enfer » et ne pouvaient que devenir « des criminels endurcis ».

Quant à Trace, il était convaincu que ce vandalisme prendrait fin aussitôt que l'école aurait rouvert ses portes.

Il refusa le petit déjeuner que Bitsy lui offrait et se dirigea vers le champ de foire. Quand Jason Strong appela, il se gara sur le bord de la route pour lui répondre.

— Bonjour, Jason. Qu'y a-t-il pour ton service ?

Il entendit le rire grave de son ami.

— Je déteste te déranger quand tu es sur la piste de dangereux malfaiteurs, mais je me demandais si tu avais prévu un effectif supplémentaire pour surveiller la circulation, le soir du concert.

Une vedette locale de musique country intervenait samedi soir à la foire de Blossom, et on attendait beaucoup de monde.

— Oui. J'ai mis deux gars en plus sur l'affaire.

— Parfait. J'ai entendu dire que tu avais raccompagné la fille de Miranda chez elle, hier soir.

Trace grimaça. A Blossom, les nouvelles allaient toujours aussi vite. Si un jour quelqu'un créait un concours dans ce domaine, la ville était sûre de le gagner.

— Oui. Les Simon ont laissé leurs deux garçons

seuls à la maison. Nous avons interrompu leur petite fête vers 3 heures du matin.

— Beaucoup de dégâts ?

— Assez pour que les gamins ne soient plus livrés à eux-mêmes pour le reste de leur vie.

Jason rit encore.

— Pas question que je laisse Rikki seule à la maison avant ses trente ans.

Trace fit écho à son rire.

— Ça va faire un bail, mon vieux. Tu peux faire une croix sur ta vie sociale.

— A propos de vie sociale, il paraît que tu fréquentes Jenn ? Un petit goût de « revenez-y » ?

Trace grinça des dents. Quand il disait que Blossom gagnerait le grand prix de la rumeur ! Il préférait ne pas penser à ce qui se raconterait si les gens apprenaient qu'ils avaient été mariés… Et qu'ils l'étaient encore !

— Trace ?

— Oui, je suis toujours là.

— J'ai pensé que tu aimerais savoir… Jenn est passée au bureau de la foire, ce matin. Elle s'est inscrite avec sa nièce à toutes les activités où il restait des places.

Trace digéra l'information.

— Hé ! Jason !

— Oui ?

— Elle s'est inscrite pour cet après-midi ?

Il entendit un bruit de papiers qu'on feuilletait.

— Oui.

— Alors, inscris-moi aussi, veux-tu ?

— Pas de problème, mon vieux.

Et Jason raccrocha dans un grand rire.

Depuis qu'il avait découvert Jenn dans l'enclos de la truie, Trace songeait à demander à la jeune femme de l'aider à retrouver la trace des agents immobiliers véreux. Son expérience dans la partie lui serait utile, et le budget dont il disposait ne lui permettait pas d'embaucher un expert. Il espérait qu'elle accepterait, même si ce n'était pas en souvenir du bon vieux temps. Et il faisait tout pour se convaincre que ce n'était pas un prétexte pour la voir plus souvent…

Quand il gara sa voiture devant le poste de sécurité de la foire, Jason était déjà parti. Il parcourut rapidement la liste des différents jurés et nota qu'ils siégeraient pour le concours de pâtisseries dans moins d'une demi-heure. Parfait ! La dégustation ferait office de déjeuner. Avec le rythme qui lui était imposé depuis le matin, il n'aurait certainement pas eu le temps, sinon, de se mettre quoi que ce soit sous la dent.

Il s'assit sur un coin du bureau et se massa la nuque. Le manque de sommeil commençait à se faire sentir. Et son comportement absurde ne risquait pas d'arranger les choses… Pourquoi avait-il fait en sorte de passer tout son temps libre aux côtés de Jenn ? A quoi pensait-il ? Leur relation n'avait aucun avenir. Trop d'eau avait passé sous les ponts.

Jenn avait été claire sur la question. Elle allait procéder à l'annulation de leur mariage. Et, dans quelques semaines, elle retournerait à Dallas.

Et quand Jenn avait décidé quelque chose, elle s'y tenait.

Il se comportait comme un adolescent en regardant le nom de la jeune femme juste au-dessus du sien sur la liste, le cœur battant. Tout cela n'avait aucun sens.

Même s'il se sentait plus heureux qu'il ne l'avait été depuis longtemps.

Il ne pouvait pas s'en empêcher.

Il n'avait jamais pu empêcher quoi que ce soit, dès qu'il s'était agi de Jenn.

# 9.

Jenn, les yeux protégés par des lunettes de soleil, attendait, dans la tribune du jury, que la course au cochon commence. Trace se tenait avec les autres compétiteurs dans l'arène. Malgré la chaleur, il portait un jean et une chemise à manches longues. Il ne la quittait pas du regard, et elle avait du mal à garder son sérieux.

Il avait toujours été fair-play.

C'était lui qui s'était inscrit comme membre du jury pour cet événement. Mais, après avoir supporté sa promiscuité pendant le concours de pâtisseries, Jenn avait d'autorité rayé son nom de la liste et l'avait enrôlé parmi les concurrents.

Elle se décida enfin à lui sourire et agita le bras. Il lui répondit de même.

Trace lui avait fait part de son souhait de la voir participer à l'enquête sur l'escroquerie immobilière dont avaient été victimes certains habitants de Blossom. Elle était tentée par le challenge. C'était le genre de travail qui lui plaisait. Mais faire équipe avec le jeune shérif, c'était s'engager sur un terrain glissant.

La jeune femme avait donc refusé. Dans leur intérêt à tous les deux.

Trace avait raison. Elle aimait bien tout contrôler et ne laissait rien au hasard. Or, quand il était dans les parages, elle ne maîtrisait plus rien.

Se retournant sur son siège, juste sous la tribune, Zack sourit à sa mère. Il avait fini sa journée au centre aéré et passait le reste de l'après-midi avec elle et Kelly, qui avait préféré, pour l'heure, veiller sur Pétunia et sa portée.

Comme si cette horrible bestiole ne pouvait pas se débrouiller toute seule !

Zack montra Trace du doigt. Jenn hocha la tête et sourit. Depuis quelques jours, l'enfant s'intéressait de plus en plus à lui. Elle n'en était pas surprise. Aucun homme ne lui avait accordé autant d'attention. Trace avait même appris quelques rudiments du langage des signes. Devant l'étonnement de Jenn, il s'était contenté de sourire en disant que c'était incroyable ce qu'on pouvait trouver sur Internet.

Il se comportait en ami. Rien de plus. N'avait-elle pas dit elle-même que c'était ce qu'elle voulait ?

L'arbitre annonça le départ de la course. C'était une épreuve particulièrement facile à juger. Il y avait quatre groupes d'âge et quatre cochons. Il suffisait d'attraper un des animaux pour en être l'heureux propriétaire. Pour mettre un peu de piment dans le jeu, les cochons étaient enduits de graisse. Et l'arène était faite de cette terre rouge et poudreuse des plaines du Kansas.

Le premier animal fut attrapé par un adolescent de l'âge de Kelly. Son exploit fut dûment salué par les vivats de ses supporteurs. Les deux autres cochons furent immobilisés presque en même temps. Le chaos était tel que Jenn ne put discerner qui étaient les auteurs de ces exploits.

Quand les participants eurent retrouvé leur calme, elle s'aperçut que Trace était l'un d'eux. Couvert de graisse rouge de la tête aux pieds, il serrait l'animal furieux contre son torse.

Il leva les yeux vers la tribune et, emprisonnant le regard de Jenn, leva l'index.

Jenn dissimula son sourire derrière sa main. Elle avait vu Trace et Jason, alias « Grande Plume Noire » dans leurs jeux d'enfants, échanger ce genre de code.

Il lui signifiait qu'il venait de gagner une bière. A ses frais.

Revenant à son devoir de juge, la jeune femme reporta son attention sur le dernier groupe, composé d'enfants de moins de douze ans. Le plus jeune roula par terre avec le cochon dans ses bras. L'animal s'enfuit, et tous se mirent à sa poursuite. Quand il fut enfin rattrapé, tout le monde parut content que ce soit le plus jeune qui emporte le cochon comme récompense.

De nouveau, le regard de Jenn s'attarda sur Trace. Que diable allait-il faire de son cochon ? La réponse lui fut fournie aussitôt car le jeune homme tendit l'animal à l'un des juniors, un tout petit garçon brun aux grands yeux sombres.

C'était bien Trace !

Jenn connaissait la famille de l'enfant. Depuis plusieurs générations, ces fermiers s'occupaient d'une des terres les plus désolées du comté, près de Denton Pond. Avec ce cochon, ils auraient de la viande pour tout l'hiver. Le cœur de la jeune femme se gonfla d'émotion. Trace était vraiment quelqu'un de bien. D'une manière ou d'une autre, durant toutes ces années, désireuse d'étouffer les sentiments qu'elle éprouvait pour lui, elle l'avait oublié.

Zack fit signe qu'il voulait aller féliciter Trace, et ils le retrouvèrent à l'entrée de l'arène, en train de rire et de bavarder avec des amis. Seul son chapeau n'était pas maculé de graisse et de poussière.

Il les repéra, et un sourire joyeux incurva le coin de sa bouche charnue.

— Bonjour, Zack ! Enfin vous voilà, tous les deux !

Zack transmit ses félicitations à Trace, qui lui ébouriffa les cheveux.

— Bah ! Dans quelques années, c'est toi qui gagneras le cochon.

Les yeux brillants du gamin disaient à quel point il en mourait d'envie.

Jenn détourna la tête. Viendrait-elle de nouveau passer l'été à Blossom ? Elle avait adoré rendre visite à Miranda et raviver les souvenirs de son enfance. Et Zack passait à Blossom les meilleurs moments de sa courte vie. Mais comment réagirait-elle si elle retrouvait Trace marié ? Cela finirait bien par arriver. Il était certainement le célibataire le plus séduisant de la région.

Secouant la tête devant sa propre sottise, la jeune femme capta alors dans les yeux du jeune homme cette expression complice qu'elle se rappelait si bien. Son corps tout entier se mit à vibrer. Jadis, il la regardait toujours ainsi quand il savait qu'ils se rejoindraient plus tard. Et qu'ils pourraient s'aimer.

Trace s'avança vers elle.

— Je tiens juste à te remercier de m'avoir permis de participer !

Sa voix mielleuse aurait dû alerter la jeune femme. Elle recula d'un pas — trop tard. La main de Trace se referma sur son poignet, et il la prit dans ses bras. Jenn couina comme l'un des cochons de la course.

Tous les spectateurs riaient. Mortifiée, Jenn se débattit, repoussant son agresseur de ses deux mains. Il finit par la relâcher, mais le mal était fait. Sa robe de cotonnade blanche était ruinée.

Zack riait comme un petit fou.

Trace retira sa chemise et la jeta sur le plancher de son 4x4. Puis il mit le moteur et prit le chemin de son domicile.

Il avait été bon joueur en acceptant de participer à la course au cochon. Et Jenn avait joué le jeu aussi quand il l'avait prise dans ses bras. Elle l'avait bien mérité !

Mais quelle mouche l'avait piqué de l'embrasser ?

La moitié de la ville les regardait, y compris

Billy Ray Wilkens. Ce dernier, pendant qu'ils attendaient qu'on donne le départ de la course, avait lancé à la cantonade que, décidément, Jennifer était devenue un morceau de roi ! C'est sans doute pour ça que Trace l'avait prise dans ses bras. Pour que Billy Ray sache.

Qu'il sache quoi ? Que Jenn et lui se fréquentaient quand elle était encore au lycée ?

Qu'ils étaient mariés ?

Et pourquoi cette idée lui venait-elle à l'esprit, tout à coup ?

Une fois chez lui, il fourra ses vêtements dans le lave-linge et alla prendre une douche.

Pourquoi faisait-il une fixation sur cette femme ? Il y avait des milliers de jolies femmes, au Texas.

Oui. Mais une seule était Jenn, se dit-il tristement en se frottant énergiquement le visage.

Ses gestes se ralentirent. A un certain moment, au cours de ces derniers jours, la colère qu'il éprouvait à son égard avait disparu.

Quand cela était-il arrivé ?

Probablement le soir où il avait raccompagné Kelly chez elle.

Ce soir-là, il avait dépassé sa souffrance et compris à quel point cela avait dû être difficile aussi pour Jenn. A quel point elle avait dû se sentir seule et avoir peur, alors que lui était encore à San Antonio. Elle avait essayé d'oublier tout ce qui s'était passé. Il commençait à soupçonner que cela n'avait pas dû être plus facile pour elle que pour lui.

Alors, où en étaient-ils, maintenant ?

Amis ?

Difficile, songea-t-il en se rinçant sous le jet puissant de la douche. Jamais il n'avait fantasmé sur ses amies au point de les imaginer nues dans son lit.

Il ferma le robinet et tendit la main vers une serviette. Qu'étaient-ils l'un pour l'autre ? Comment pouvait-il définir leur relation ?

Ils étaient plus que des amis, en tout cas.

Et ils étaient mariés. Jenn, qui paraissait si pressée quelques jours plus tôt, n'avait toujours pas rempli et envoyé le formulaire d'annulation…

Pourquoi ne pas l'attirer chez lui ? Ils avaient encore le temps d'en profiter, puisqu'elle restait tout l'été.

Ils étaient des adultes, à présent. Et il pouvait être intéressant de savoir ce que cela aurait donné, si leur relation avait eu un avenir…

Il allait convaincre la jeune femme de l'aider à débrouiller cette affaire de fraude immobilière.

Cela leur permettrait de passer un peu de temps ensemble. Après, il essaierait une nouvelle tentative de séduction.

Quand il entra dans son bureau, Henrietta l'accueillit d'un petit reniflement impatient.

— Ah ! Shérif ! J'allais vous appeler. Mlle Webster, ajouta-t-elle en faisant un petit signe du menton vers la salle d'attente, voudrait vous voir une minute.

Trace opina et alla saluer la vieille demoiselle, qui bondit sur ses pieds à sa vue. Beulah Webster avait enseigné longtemps comme institutrice à Blossom et venait tout juste de prendre sa retraite.

Trace ouvrit la porte de son bureau. La visiteuse passa devant lui, serrant convulsivement son sac dans une main et dans l'autre un mouchoir. Elle portait une robe à fleurs et sentait le talc pour bébé.

Trace la fit asseoir dans le fauteuil qui faisait face à son bureau et s'assit à son tour après un coup d'œil rapide à la pendule. Pourvu que cela ne s'éternise pas. Il y avait encore le concours de patchwork. Et il faisait partie du jury. Avec Jenn.

Il dut refréner l'envie de se frapper le front devant tant de stupidité.

— Que puis-je pour vous, mademoiselle Webster ?

— C'est au sujet de ma mère…

La vieille fille se tapota les lèvres de son mouchoir puis continua :

— Quand elle est venue s'installer chez moi, j'ai procédé à quelques rangements dans ses affaires, n'est-ce pas… Et je suis tombée sur des papiers. Je crains que ma chère maman n'ait été la victime d'un véritable chevalier d'industrie.

Trace retint un sourire devant les tournures de phrases un peu désuètes de son interlocutrice. Et il écouta Beulah Webster lui raconter une histoire qu'il avait entendue déjà un bon nombre de fois depuis deux ans. Les escrocs, de petits génies de la fraude, avaient réussi à soutirer pas mal d'argent à quelques habitants du comté. Il se demanda combien de victimes se taisaient encore, trop honteuses de leur naïveté.

Quand Mlle Webster s'arrêta de parler, Trace demanda :

— Votre mère accepterait-elle de venir porter plainte ?

Beulah Webster secoua tristement la tête.

— Je ne le crois pas. Elle est vexée de s'être laissé berner, vous comprenez.

Trace eut un hochement de tête compatissant.

— Oui, bien sûr. Cela l'aiderait-il de savoir qu'elle n'est pas la seule ? Il y a déjà pas mal de gens qui ont porté plainte.

La main de Mlle Webster se posa sur son buste généreux.

— Mon Dieu ! C'est bien ce que je craignais.

— Ce type de malfaiteurs s'en tient rarement à une seule victime. Voulez-vous que je parle à votre mère ?

Mlle Webster se leva en secouant de nouveau la tête.

— Je vous remercie, mais je vais encore essayer de la convaincre. Peut-être qu'en apprenant qu'il y a d'autres cas…

Trace se leva à son tour.

— Dites-lui bien à quel point c'est important, mademoiselle Webster. Plus nous aurons de témoignages et plus nous aurons de chances d'arrêter ces individus. Et de nourrir notre chef d'inculpation.

— Merci, shérif. Je vais faire de mon mieux.

La vieille demoiselle se dirigea vers la porte et, se retournant, arrêta Trace d'un geste.

— Inutile de me raccompagner. Je vais bavarder un peu avec Henrietta.

Trace eut un hochement de tête compatissant.

— Oui, bien sûr. Cela l'aidera-t-il de savoir qu'elle n'est pas la seule ? Il y a déjà pas mal de gens qui ont porté plainte.

La main de Mlle Webster se posa sur son [illegible].

— Mon Dieu ! C'est bien ce que je craignais.

— Ce type de malfaiteurs s'en prend rarement à une seule victime. Voulez-vous que je parle à votre nièce ?

Mlle Webster secoua de nouveau la tête.

— Je vous remercie, mais je vais encore essayer de la convaincre. Peut-être qu'en apprenant qu'il y a d'autres cas...

Trace se leva à son tour.

— Dites-lui bien à quel point c'est important, mademoiselle Webster. Plus nous aurons de témoignages, et plus nous aurons de chances d'arrêter ces individus. Et de [illegible] notre [illegible] d'[illegible].

— Merci, shérif. Je vais faire de mon mieux.

La vieille demoiselle se dirigea vers la porte et, se retournant, arrêta Trace d'un geste.

— Inutile de me raccompagner. Je vais bavarder un peu avec Heather.



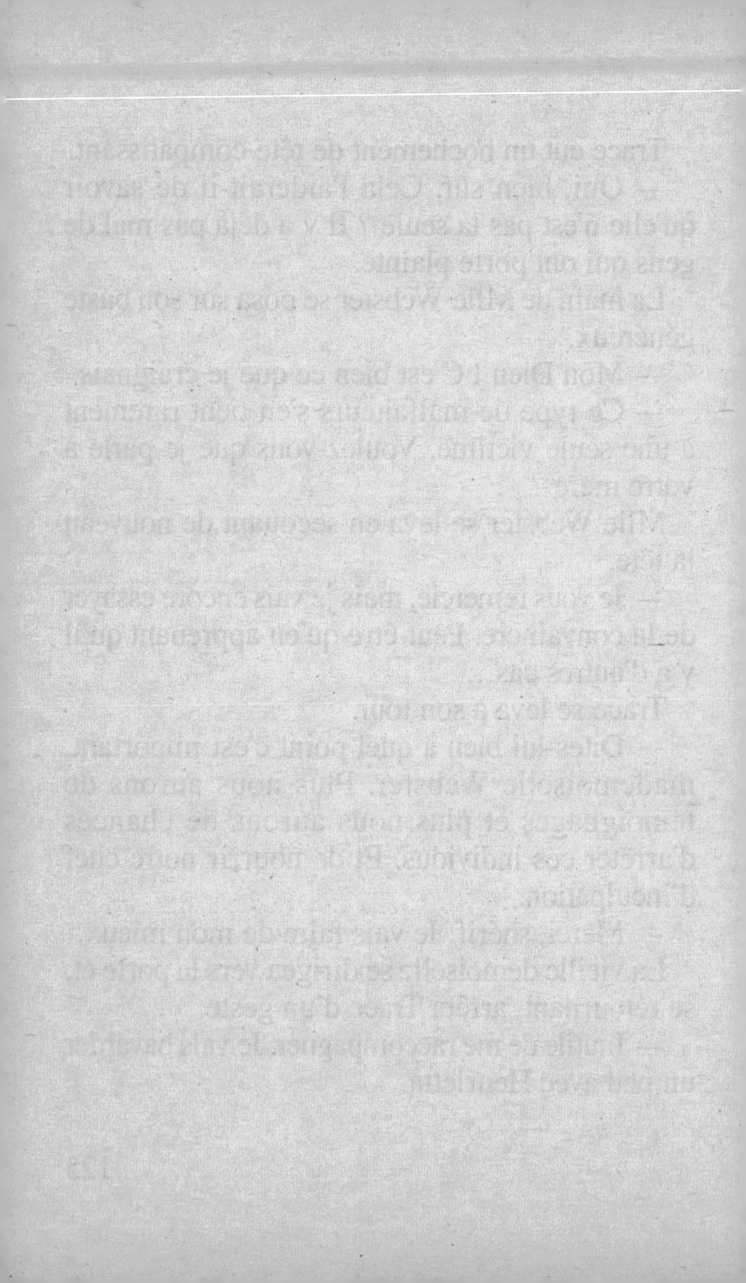

# 10.

Jenn alla avec Zack dans la grange chercher Kelly pour le concours de patchwork. Quand elle y entra, sa nièce parlait avec un garçon aux cheveux couleur de sable qu'elle n'avait jamais vu auparavant.

Immédiatement, Jenn se raidit. Etait-ce lui qui avait entraîné la jeune fille dans cette regrettable soirée ?

Kelly avait manifesté quelque regret au sujet de son comportement, mais avait obstinément refusé de donner le nom des camarades qui l'avaient invitée et de dire comment elle avait traversé la ville en pleine nuit pour aller jusqu'à la maison des Simon.

Jenn comprenait la loi tacite des jeunes : pas de délation. Mais elle ne tenait pas à ce que sa nièce fréquente quelqu'un susceptible de l'entraîner dans d'autres dérives.

Kelly aperçut sa tante et rougit.

— Nous voilà, mon chou. Es-tu prête ? s'enquit-elle en dévisageant ostensiblement le garçon.

— Oui, tante Jenn.

Hésitant une fraction de seconde, Kelly lança une œillade timide au grand jeune homme blond, qui n'avait pas bougé.

— Je te présente Ryan, ajouta-t-elle dans un souffle.

— Ravie de faire votre connaissance, Ryan, dit Jenn. Et, posant sa main sur la tête de son fils, elle ajouta :

— Je vous présente Zack, mon fils.

— Enchanté, madame…

— Williams. Mademoiselle Williams. Et vous, quel est votre nom de famille ?

— Stone. Je m'appelle Ryan Stone.

Jenn devait avoir l'air interrogative car Ryan s'empressa d'expliquer :

— Nous venons de nous installer à Blossom. Nous avons emménagé samedi.

Parfait. Au moins, il n'était pour rien dans la présence de Kelly à la fête. Un bon point pour lui.

— Et d'où venez-vous ?

Du coin de l'œil, Jenn voyait Kelly se dandiner

nerveusement. A l'évidence, elle n'appréciait pas que son nouvel ami soit bombardé de questions.

— Des environs de Houston. Mon père avait envie de vivre à la campagne.

Il avait l'air de se demander si son père n'avait pas perdu l'esprit.

— Ryan voulait justement savoir s'il pourrait lui aussi élever un cochon, intervint Kelly.

Jenn lorgna l'enclos dans lequel les porcelets de Pétunia étaient couchés sur la paille, comme de petits jouets de bois peint, dormant et ronflant tout leur soûl.

— Bonne idée ! rétorqua-t-elle, mi-figue, mi-raisin. Je sais déjà où vous pouvez vous en procurer un.

Ryan rit.

— Kelly, est-ce que tu as fini ? Le concours de patchwork va bientôt commencer.

— Ça y est, soupira la jeune fille. Encore une corvée !

Ryan plongea ses mains dans ses poches et demanda dans un murmure :

— Viendras-tu demain ?

La jeune fille soupira encore.

— Demain et après-demain. Jusqu'à ce que la foire ferme ses portes.

Son nouvel ami haussa les épaules avec un sourire.

— Bon. Alors, à demain.

Kelly imita son geste nonchalant, comme si elle pensait, elle aussi, que tout ça n'avait pas vraiment d'importance.

— A demain.

Ryan tourna les talons, et Jenn vit le visage de sa nièce changer tandis qu'elle le suivait du regard. Cela la projeta dans le passé avec une telle violence qu'elle ferma les yeux. Combien de fois avait-elle regardé Trace ainsi ?

— Tante Jenn ?

Jenn rouvrit les yeux.

— Oui ?

— Il est mignon, tu ne trouves pas ?

Jenn opina.

— Oh ! Oui, mon chou. Très.

Les paroles de la diseuse de bonne aventure prédisant pour Kelly la rencontre de l'amour retentissaient encore à ses oreilles. « Un amour durera toute ta vie. L'autre deviendra un agréable souvenir. »

Bah ! Qui vivra verra !

Une fois dans le pavillon où étaient présentés les patchworks, Jenn fit asseoir Zack à côté d'elle.

Pauvre gamin ! Il devait commencer à en avoir assez de rester assis sans bouger. Elle sentait qu'il atteignait ses limites. Mais encore une heure de patience, et ils rentreraient tous les trois…

La liste des critères d'évaluation faisait trois pages et la présidente du jury, d'un sérieux excessif, n'en finissait pas avec ses recommandations. Soudain, Jenn sentit un frisson courir le long de sa moelle épinière. Elle tourna la tête et vit Trace entrer dans le local. Il avait revêtu son uniforme et il avait l'air absolument irrésistible.

Il lui sourit, et la jeune femme dut lutter pour ne pas rivaliser de stupidité avec sa nièce, dont le visage béat en disait long sur la nature de ses pensées. Elle s'intima pour la centième fois de la journée de ne pas se tourner en ridicule. Les gens avaient eu déjà assez à dire après la scène du baiser.

Par chance, la présidente du jury coupa net l'élan de Trace.

— Shérif, dit-elle en lui agitant le doigt sous le nez. Je ne vois vraiment pas ce que vous faites là.

Trace sourit à la petite femme replète.

— Je suis là parce que je fais partie du jury.

Il regarda de nouveau Jenn, et elle aurait juré qu'il lui avait fait un clin d'œil.

— Vous avez rajouté votre nom au bas de la page. Il n'y avait même pas de numéro devant. Nous n'avons pas de fiche d'évaluation pour vous.

Trace leva une main apaisante.

— Bien, bien. Je ne voudrais pas semer le trouble au sein de cette noble assemblée. Je n'insiste pas davantage. Vous avez ma démission.

La femme haussa les épaules et alla s'attaquer à l'un des membres du jury qui osait toucher l'une des réalisations exposées.

A ce moment-là, Zack se précipita sur son grand ami, avec une gestuelle exubérante. Jenn le rejoignit pour traduire à Trace ce que le gamin lui disait. Le jeune homme écouta patiemment puis, quand Zack se fut rassis, il se pencha sur sa compagne et dit à mi-voix :

— Tu te souviens de Mme Nelson, au lycée ?

Jenn acquiesça. Comment ne pas se souvenir d'un tel tyran ? Elle l'avait eue comme tutrice pendant deux ans.

Il chuchota à son oreille :

— Je crois que cette femme et elle ont dû être sœurs siamoises, dans une autre vie.

Jenn sourit, s'efforçant de résister au doux vertige qui s'emparait d'elle.

— Mme Nelson n'aimait pas les garçons. A mon avis, son sosie est encore pire : elle n'aime personne. Ainsi, tu ne fais pas partie du jury ?

Trace gloussa, les notes mélodieuses de sa voix arrachant un délicieux frisson à la jeune femme.

— Plus de fiches disponibles !

— Je peux te donner la mienne.

— Ce n'est certainement pas permis.

Jenn soupira.

— Tu dois avoir raison. Ne prenons pas le risque de déclencher une autre tempête.

A ce moment, Zack, fonçant sur sa mère, se mit à lui tambouriner gentiment le ventre.

Jenn lui caressa les cheveux.

— J'espère que ce ne sera pas long. Zack est à bout de patience.

Trace considéra le garçonnet, puis Jenn.

— Je vais aller voir Blake, qui élève des chevaux. Ça intéresserait peut-être Zack ?

Toutes sortes de raisons poussaient Jenn à refuser. Y compris des raisons de sécurité. Et maintenant, l'enfant, qui avait compris, la suppliait de son beau regard émouvant…

— Je ne sais pas si…

— Et pourquoi ne pas laisser Zack décider, pour une fois ? Puis-je le lui demander ?

Jenn hésitait encore. Mais elle savait que Zack mourait d'envie d'y aller et, en dépit de toutes ses appréhensions, elle accepta.

Trace s'accroupit et, en quelques mots très simples, expliqua à Zack où il allait. Puis il lui demanda s'il voulait venir avec lui.

La réponse ne se fit pas attendre. Zack hocha frénétiquement la tête et, prêtant à peine attention aux conseils de sa mère, fila sur les talons de son grand ami pendant que la jeune femme les regardait partir avec un sourire inquiet.

Ce n'était pas à Trace qu'elle ne faisait pas confiance. C'était à son propre cœur. Et à ce qui se passait en elle.

Devant le regard excité du jeune garçon juché sur sa monture et son grand sourire heureux, Trace se traita de tous les noms pour avoir pris cette initiative.

Ce serait déjà bien assez dur quand Jenn partirait. Voilà qu'il commençait aussi à s'attacher au gamin… Pour être sincère, il était en train de retomber amoureux de Jenn. Et c'était certainement la dernière chose à faire.

Sa main se referma plus fermement sur la bride. Il s'agissait d'une jolie petite jument alezan doré, l'une des bêtes les plus sûres de l'écurie Tucker. A première vue, Zack n'était jamais monté à cheval. Mais s'il était sourd, il semblait parfaitement à l'aise dans son contact avec l'animal.

— Hé ! McCabe, appela Blake, assis sur la clôture du paddock. Alors, comme ça, tu en pinces de nouveau pour la petite Jenn ?

Trace tourna la jument pour que Zack ne puisse lire sur les lèvres de Blake.

— Je vois que les langues vont bon train.

Blake gloussa.

— Oui. J'étais à l'Alibi Bar, il y a quelques jours. Et on ne parlait que de ça. Tu ne le sais peut-être pas, mais tu es en train de briser le cœur de toutes les jolies filles de Blossom.

Trace haussa les épaules et entreprit de faire faire un autre cercle à la jument.

Mais Blake revint à la charge du haut de son perchoir.

— Alors, qu'est-ce qui se mijote, exactement ?

Que savait-il de ce qui s'était passé entre Jennifer

et lui ? Si Trace l'ignorait, Blake, qu'il connaissait depuis l'enfance, avait assez de jugeote pour en savoir plus long que la plupart des gens.

— Rien de spécial.

Blake désigna Zack du menton.

— Et ce petit gars, c'est le tien ?

Trace lorgna la petite silhouette fièrement campée sur la selle.

— Non, mais si c'était le cas, ça ne me gênerait pas. Loin de là.

Cette réponse l'étonna autant qu'elle parut étonner son ami.

— A l'époque, reprit Blake, je me demandais ce que ça ferait de savoir qu'une fille aussi canon en pince à ce point pour vous.

Sa voix semblait toute songeuse, comme si la question était restée vivante en lui pendant tout ce temps.

Trace rit.

— Mais maintenant, tu le sais.

Blake rit aussi.

— Oui, maintenant, je le sais, répondit-il avec une assurance tranquille.

La porte du ranch s'ouvrit et la fiancée de Blake, Cindy Tucker, s'avança vers eux.

Elle fit un signe et appela Blake.

Trace vit le rude visage de son vieil ami s'adoucir tandis qu'il sautait de la barrière pour venir à sa rencontre. Il la rejoignit au milieu du paddock et, la saisissant à pleines mains, l'embrassa sur la bouche. Puis, la soulevant dans les airs, il la fit tourner autour de lui. Un éclair doré brilla fugitivement à la main gauche de la jeune femme.

— Blake ! Arrête ! protesta-t-elle en battant des pieds jusqu'à ce qu'il la repose sur le sol.

Alors, le regardant droit dans les yeux, elle s'enquit :

— Et en quel honneur, toute cette démonstration ?

Il lui décocha une œillade.

— Juste comme ça, mon chou. Juste comme ça.

Cindy et Blake avaient prévu de se marier pour Noël.

Trace eut l'impression de recevoir une décharge électrique.

C'était ce qu'il voulait lui aussi. Cette expression que Blake avait sur son visage. Et il craignait terriblement que la seule femme qui puisse la lui donner, ce soit Jenn. La femme qui s'apprêtait à annuler leur mariage et à s'en aller.

Encore une fois.

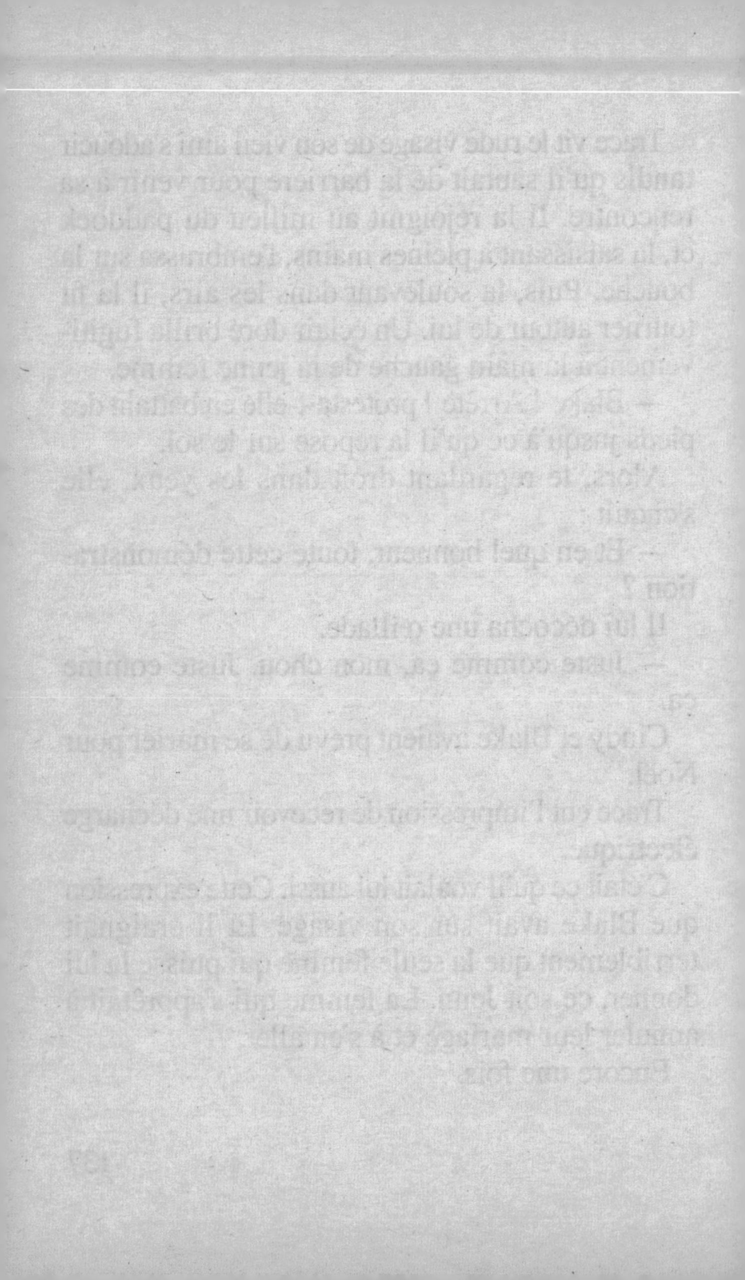

Trace vit le rude visage de son vieil ami s'adoucir tandis qu'il sautait de la barrière pour venir à sa rencontre. Il la rejoignit au milieu du paddock et, la saisissant à pleines mains, l'embrassa sur la bouche. Puis, la soulevant dans les airs, il la fit tourner autour de lui. Un éclair doré brilla fugitivement à la main gauche de la jeune femme.

— Blake ! s'écria-t-elle, protestant et battant des pieds jusqu'à ce qu'il la repose sur le sol.

Alors, le regardant droit dans les yeux, elle s'enquit :

— Et en quel honneur, toute cette démonstration ?

Il lui décocha une œillade.

— Juste comme ça, mon chou. Juste comme ça.

Clody et Blake avaient prévu de se marier pour Noël.

Trace eut l'impression de recevoir une décharge électrique.

C'était ce qu'il voulait lui aussi. Cette expression que Blake avait sur son visage. La tendresse. Le simple fait que la seule femme qui puisse la lui donner, ce soir-là. La femme qui s'apprêtait à aimer leur enfant et à s'en aller.

Encore une fois.

# 11.

Jenn entendit la moustiquaire de la porte de la cuisine se rabattre brutalement, et Zack fit irruption, un large sourire aux lèvres. Il était couvert de poussière, et ses mains étaient noires ; cela ne l'empêcha pas de les agiter sous le nez de la jeune femme pour lui signifier son contentement.

— Eh bien ! Manifestement, tu as pris du bon temps. Mais nous en discuterons après que tu te seras lavé.

Elle lui montra la direction de l'arrière-cuisine et, se retournant, se retrouva nez à nez avec Trace.

Contrairement à Zack, il était propre comme un sou neuf et, avec son T-shirt noir, son vieux jean et ses bottes, il était tout simplement ébouriffant. Il avait dû se changer chez les Tucker.

Se rappelant, trop tard, que le dévorer des yeux n'était pas une bonne idée, Jenn déglutit et baissa légèrement la tête.

— Comment vont Blake et Cindy ?

Miranda lui avait parlé de leurs fiançailles.

— Très bien. Le mariage est prévu pour Noël.

Il la regardait fixement, comme s'il essayait de comprendre quelque chose.

La jeune femme se sentit mal à son aise.

— On dirait que Zack s'est bien amusé.

Trace, qui s'était appuyé contre le chambranle, se redressa d'un coup de reins.

— Il s'est débrouillé comme un chef. Pas l'ombre de la plus petite peur.

Jenn remarqua la fierté dans sa voix.

— Merci de l'avoir emmené là-bas, dit-elle en remuant la sauce bolognaise sur le feu. Tu restes dîner ?

Trace eut un geste des épaules, qui pouvait signifier à la fois qu'il acceptait le dîner et que, pour Zack, il n'était pas nécessaire de le remercier. Il s'approcha d'elle et s'arrêta tout près. Elle pouvait sentir sur lui l'odeur, douce et chaude, du foin, le parfum aigre du savon et juste une petite pointe d'odeur de cheval. Autant de senteurs familières, du temps de son enfance à Blossom.

— Tout le plaisir est pour moi. Et j'accepte bien volontiers. Je meurs de faim.

Se penchant sur le fourneau, le jeune homme huma les fragrances de la sauce tomate et poussa un cri d'extase. Puis, sa bouche tout contre l'oreille de la jeune femme, il s'enquit :

— Comment va Miranda ?

Jenn réprima un frisson de plaisir.

— Médicalement parlant, elle va bien. Mais devoir rester au lit la rend folle.

Si seulement il pouvait s'écarter pour qu'elle puisse réfléchir clairement !

— D'après le médecin, si elle pouvait rester allongée encore une semaine, ce serait parfait, ajouta-t-elle en remuant sa cuillère avec une énergie inutile.

— Bien ! dit seulement Trace.

Un long silence.

Elle sentait son regard sur elle. Il fallait absolument dire quelque chose.

— Blake pratique-t-il toujours le rodéo ?

— Il pense s'arrêter bientôt.

Puis, alors que Zack revenait avec de grands signes, elle expliqua, avec l'air de s'excuser :

— Il voudrait te montrer sa chambre.

Sans attendre sa réponse, Zack prit le visiteur par la main et l'entraîna hors de la pièce.

Dès qu'ils furent hors de vue, la jeune femme

alla dans la salle de bains du rez-de-chaussée pour vérifier sa coiffure et se remettre un peu de rouge à lèvres. Tout en essayant de se convaincre qu'elle ne faisait pas tout ça pour Trace.

Puis elle alla mettre le couvert dans la cuisine au rythme lancinant d'une basse provenant de la chambre de Kelly. Elle égoutta les spaghettis, disposa les assiettes sur la table. Quand tout fut prêt, elle respira un grand coup pour calmer les battements affolés de son cœur et, passant la tête dans la cage d'escalier, appela tout le monde à venir se mettre à table.

Zack apparut tout de suite — il devait la guetter à l'étage. Et Jenn entendit les voix de Kelly et de Trace dans la salle de séjour. C'était la première fois que l'adolescente se trouvait en tête à tête avec le jeune shérif depuis qu'il l'avait ramenée de chez les Simon. Jenn ne pouvait saisir la teneur de la conversation, mais, d'après le ton de la voix de Kelly, on aurait juré qu'elle était en train de s'excuser.

Un vif sentiment de fierté l'envahit. Cela ne devait pas être facile pour la jeune fille.

Ils entrèrent bientôt dans la cuisine et Jenn dévisagea sa nièce, surprise.

Elle s'était maquillée. Légèrement, mais on ne

pouvait pas en douter. Ses cheveux avaient été fraîchement lavés, et elle les avait laissés tomber sur ses épaules au lieu de les attacher en queue-de-cheval. Ajoutez à cela son jean taille basse et un T-shirt moulant, et la jeune fille paraissait un peu plus vieille que son âge et beaucoup plus sophistiquée.

Jenn pensa tout de suite au garçon qui était avec elle auprès de Pétunia cet après-midi. Kelly s'attendait-elle qu'il lui rende visite ? Elle regarda Trace, qui était en train de remplir les assiettes.

Elle s'était comportée de la même manière à l'âge de Kelly, passant son temps à se coiffer et à faire des essais de maquillage au cas où Trace passerait. Elle se rappelait avec nostalgie ce délicieux temps d'attente et de questionnement. Qu'y avait-il de meilleur dans la vie que de tomber amoureux pour la première fois ?

— Jenn ? Ça va ? fit Trace, la ramenant à la réalité.

Elle haussa les épaules.

— Oui, oui. Juste un peu de fatigue.

Après le repas, Jenn se leva pour débarrasser. Mais, repoussant sa chaise, Trace vint lui retirer les assiettes des mains.

— Tu as fait la cuisine, c'est à Kelly et moi de nous occuper du reste.

— Comme tu voudras. Je vais prendre un peu l'air sous la véranda.

Seule, précisa-t-elle en son for intérieur, s'efforçant de se rappeler toutes les raisons pour lesquelles elle devait éviter cet homme.

Elle s'installa à une extrémité de la balancelle. C'était l'heure de la journée qu'elle préférait. Le soleil venait de se coucher et le ciel, d'un bleu profond, virait lentement au violet-pourpre des crépuscules d'été.

S'appuyant contre le dossier, elle ferma les yeux. Par la fenêtre de la cuisine, elle pouvait entendre le cliquettement des assiettes et le bruit d'une conversation.

Au bout d'un moment, le bruit cessa et la moustiquaire s'ouvrit.

— Kelly est remontée dans sa chambre et j'ai envoyé Zack prendre une douche. Peut-il le faire tout seul ?

Jenn rit.

— Il doit pouvoir s'en sortir. On dirait vraiment qu'il s'est roulé par plaisir dans la poussière.

Jenn sentait monter la tension qu'elle éprouvait toujours en la présence de Trace. Il semblait porter en lui une charge électrique qui se transférait à son propre corps. De la pointe du pied, elle imprima un léger mouvement à la balancelle, comme si cela pouvait détourner son attention de cet homme.

Trace restait debout devant elle, attendant sans doute qu'elle l'invite à prendre place à côté d'elle.

— Pourquoi ne t'assieds-tu pas un instant avant de partir ?

Elle voulait l'interroger sur la famille de Ryan Stone, puisque Kelly semblait avoir décidé que ce serait lui l'heureux élu. Mais oui. C'était exactement pour ça, et seulement pour ça qu'elle avait invité Trace à rester.

Trace se laissa tomber dans le rocking-chair à côté de la balancelle. Jenn se détendit. Cette distance de sécurité lui convenait parfaitement.

Avant qu'elle n'ait pu ouvrir la bouche, il passa à l'offensive.

— Jenn… Je sais que tu es en vacances, mais il faut vraiment que tu m'aides à régler cette affaire d'escroquerie immobilière.

Des vacances ? Etant donné les circonstances, on ne pouvait pas appeler comme ça son séjour chez sa sœur…

Mais la jeune femme préféra garder cette réflexion pour elle-même.

— Je t'ai déjà dit non.

— Je sais. Mais je ne suis pas compétent dans ce genre d'affaire et le comté n'a pas les moyens de m'envoyer un expert. Ils promettent, mais je ne vois rien venir. On parle de coupes sombres dans le budget.

Elle comprenait. Son cabinet notarial avait été touché lui aussi.

— Je ne pense pas rester ici assez longtemps pour t'être utile.

Le silence s'installa, rompu enfin par Trace.

— D'un point de vue déontologique, je ne devrais pas te le dire. Mais… le mari de Miranda a lui aussi perdu pas mal d'argent dans cette histoire. Il est venu me voir avant de quitter la ville.

Jenn le dévisagea, les yeux écarquillés. Miranda ne lui avait pas dit que Roger avait investi dans quoi que ce soit. Et pourtant, elle n'avait pas hésité à lui dresser la liste des fautes de son futur ex-mari.

— Ah !… Je ne savais pas.

Puis une idée traversa l'esprit de la jeune femme.

— Il est très possible qu'elle ne soit au courant de rien.

C'était Roger qui tenait les comptes. Quand Miranda avait voulu avoir accès à leur compte joint après sa fuite, elle avait appris qu'il l'avait fermé. Miranda supposait qu'il avait pris tout l'argent, mais peut-être qu'il l'avait perdu avant de quitter Blossom.

— Ça expliquerait en partie son comportement, murmura Jenn.

— Si nous retrouvions au moins une partie de l'argent volé, Miranda pourrait en récupérer un peu.

Evidemment, cela tomberait plutôt bien, songea Jenn en pensant aux difficultés financières de Miranda depuis le départ de son mari.

— Accorde-moi un peu de temps pour y réfléchir.

— J'apprécierais toute forme d'assistance, quelle qu'elle soit. Ne serait-ce que quelques conseils sur la manière de commencer mon enquête.

— Je vais y réfléchir, répéta Jenn, partagée.

D'un côté, ce serait l'occasion d'aider sa sœur, qui en avait bien besoin, ayant obstinément refusé l'argent que Jenn lui proposait. De l'autre, elle passerait plus de temps avec Trace qu'il n'était bon pour son salut... Car elle n'était plus bien sûre de savoir lui résister.

Un long silence s'installa de nouveau, soudain rompu par la sonnerie du téléphone. La voix de Kelly descendit de la fenêtre de l'étage. A sa manière de parler, Jenn devinait qui était au bout du fil. Ryan Stone, probablement.

— Que sais-tu au sujet de la famille Stone ?

Il faisait si noir, maintenant, qu'elle ne pouvait plus que deviner la silhouette de son compagnon.

— Seulement ce que j'en ai entendu dire à l'Alibi Bar. Ils viennent de Houston. Le père a gagné pas mal d'argent dans le pétrole et a décidé de tâter un peu de la vie à la campagne. Pourquoi ?

— Il bavardait avec Kelly cet après-midi dans la grange. Je me demandais si c'était lui qui l'avait emmenée à la fête chez les Simon. Or, il m'a expliqué qu'ils n'étaient arrivés à Blossom que samedi.

— Je connais tous les jeunes qui ont participé à cette soirée. Et lui, je ne l'ai jamais rencontré.

Autre silence, cette fois interrompu par le bruit d'une voiture s'arrêtant dans l'allée.

— Eh bien !... je pense que tu ne vas pas tarder à faire sa connaissance.

Jenn avait vu juste. Ryan émergea de son véhicule et monta les trois marches de la véranda, l'air à la fois gauche et décidé.

— Bonsoir, mademoiselle Williams. Kelly est-elle là ?

Jenn retint un sourire. Il le savait parfaitement puisque, elle était prête à le jurer, c'était lui qui téléphonait à la jeune fille cinq minutes plus tôt.

Elle prit rapidement sa décision. Kelly était toujours sous le coup de sa punition et ne pouvait pas sortir le soir. Mais pas question de faire subir une rebuffade au jeune garçon dès sa première visite.

Elle désigna Trace d'un geste de la main.

— Ryan, je te présente Trace McCabe, le shérif.

Franchissant la courte distance qui les séparait, Ryan alla serrer la main de Trace.

— Enchanté de vous rencontrer, monsieur.

La jeune femme se leva.

— Je vais voir si elle est disponible.

Elle trouva la jeune fille assise en haut de l'escalier. Grimpant les deux dernières marches, Jenn alla s'asseoir à côté de sa nièce.

— Ryan vient d'arriver.

Kelly opina, les joues rouges.

— Oui, je sais.

— Alors, pourquoi restes-tu assise ici ?

— C'est que… je ne voulais pas lui laisser croire

que j'étais trop pressée ! dit la jeune fille dans un chuchotement farouche.

Jenn sourit.

— Tu as raison, Kelly. Laisse-le se poser des questions.

Kelly frotta énergiquement une tâche invisible sur sa cuisse.

— Tante Jenn… Et s'il me demande de sortir avec lui ?

Jenn leva un sourcil.

— Ce soir ?

Kelly acquiesça.

— Tu refuses !

La jeune fille réfléchit un instant.

— Parce que je ne veux pas qu'il pense que je suis une fille facile ?

Jenn lui tapota la cuisse.

— Non. Parce que tu n'as toujours pas le droit de sortir le soir.

Kelly gémit.

— Oh ! C'est tellement… injuste.

Jenn secoua la tête, souriant devant tant d'innocente roublardise.

— Pas tant que ça. Nous en avons discuté ensemble, tu te souviens… Mais je vais en parler à ta mère demain. Nous verrons si, d'ici à samedi prochain, nous pouvons lever la punition.

Kelly sourit, puis son visage rond redevint sérieux.

— D'accord. Peut-il venir regarder la télévision ?

Jenn hocha la tête.

— Oui, mais pendant une heure seulement. Et dans le salon.

Kelly roula des yeux, mais préféra s'incliner.

— D'accord.

— Pas la peine de lui dire que tu es punie. Contente-toi de l'inviter.

Jenn ne doutait pas une seconde que le garçon était prêt à accepter n'importe quoi.

La jeune fille se rua dans l'escalier tandis que Jenn en profitait pour voir où en était son fils. Elle le trouva endormi en pyjama, jeté sur son lit, les bras en croix, ses cheveux encore humides. Un sourire heureux détendait son visage. Se penchant sur lui, elle l'embrassa tendrement puis, quittant la chambre, referma doucement la porte derrière elle.

Ne se sentant pas encore prête à rejoindre Trace sous la véranda, la jeune femme se rassit en haut de l'escalier. Pouvait-elle aider ce dernier sans se laisser envahir par le passé ? Avait-elle le droit de refuser, maintenant qu'elle savait que Miranda était concernée ?

Quand elle passa devant le salon, Kelly et Ryan étaient sagement assis chacun à un bout du canapé devant un programme de variétés.

Sous la véranda, Trace se balançait toujours dans son rocking-chair.

— Zack dort comme une souche.

Trace eut un petit rire.

— Rude journée pour notre héros.

— Encore merci. C'est une journée qui comptera dans sa vie.

Trace hocha la tête puis fit un geste en direction du salon d'où provenait le bruit de la télévision.

— Tu te fais du souci à propos de ce Ryan ?

— Pas vraiment. Il a l'air gentil…

Mais, ajouta-t-elle pour elle-même, Kelly le regarde comme je te regardais au même âge. Et on sait où cela peut mener.

— Mais ? insista Trace.

Jenn improvisa.

— Elle est très jeune et elle vient de traverser des temps difficiles. Je veux m'assurer que ce garçon ne lui fera pas de mal. Ce ne serait pas la première fois qu'une famille emmène son fils à la campagne pour lui donner l'occasion d'un nouveau départ, après quelque grosse bêtise…

Trace acquiesça.

— Je vais faire ma petite enquête, sans avoir l'air d'y toucher.

— Je te remercie.

Elle éprouvait un léger sentiment de culpabilité à l'égard du jeune Ryan. Mais elle était venue ici pour aider sa famille. Et elle irait jusqu'au bout.

— Pas de quoi, répondit Trace d'une voix paisible.

Il s'était abandonné dans son fauteuil, la tête en arrière et les yeux fermés.

— Trace ?

— Oui ? dit-il, tournant la tête sans la lever.

Son corps était parfaitement détendu, mais son regard était chaleureux et vivant.

Elle déglutit péniblement. Sans doute faisait-elle la plus grosse erreur de sa vie.

— Je vais t'aider pour ton enquête. Mais à une condition.

— Merci. Tu me retires une sacrée épine du pied.

— Tu ne veux pas savoir quelle est la condition ?

Elle le vit sourire, ses dents blanches brillant

dans la pénombre. Se penchant vers elle, il posa la main sur son bras. Ce contact tiède et doux la fit vibrer tout entière.

— Bien sûr, Jenn. Je t'écoute.

Il se rapprocha encore, tirant son fauteuil des deux mains, et vint effleurer son oreille de ses lèvres.

— Je… Euh…

Toute pensée rationnelle avait soudain déserté la jeune femme.

La bouche de Trace descendit le long de son cou, se frayant un passage dans l'échancrure de son chemisier.

Quand Jenn ne fut plus qu'une corde d'archet frémissante, il se leva d'un bond.

— Merci pour le dîner. Nous nous voyons demain, n'est-ce pas ?

Il partait ? Comme ça ?

Jenn ne se souvenait même plus de ce qu'elle voulait lui dire. Elle le regarda se diriger vers sa voiture avec l'impression bizarre d'avoir été flouée…

A plus d'un titre.

# 12.

Le lendemain, après avoir lorgné Zack dans le rétroviseur pour vérifier qu'il avait bien mis sa ceinture, Jenn fouilla dans son sac à la recherche de son téléphone portable tout en gardant un œil sur la route. Par chance, le trafic était quasi nul. Jamais elle ne se serait hasardée à répondre au téléphone en circulant dans Dallas.

— Allô !

— Mademoiselle Williams ?

Jenn reconnut la voix tranchante de l'infirmière en chef du service de pédiatrie de l'hôpital. Elle l'avait eue au téléphone à peine une heure plus tôt ; tous les matins après le changement d'équipe, elle appelait l'hôpital pour avoir des nouvelles de sa sœur.

Le ton de son interlocutrice lui fit demander, haletante :

— Oui ? Quelque chose ne va pas ?

— Je voulais juste vous informer que Miranda vient d'être transportée dans la salle de travail.

Cherchant une place où se garer, Jenn parvint à se faufiler sur le bas-côté de la rue, entre deux poubelles.

— Que s'est-il passé ?

— Le mieux serait que vous veniez dès que possible. Je vous expliquerai sur place.

Inutile de perdre du temps, en effet.

— D'accord, j'arrive !

Et Jenn coupa la communication.

Zack voulut savoir ce qui se passait. Malgré sa surdité, ou peut-être grâce à elle, il était extrêmement habile à interpréter les expressions du visage et le langage du corps. Même dans un rétroviseur.

Jenn lui fit signe de patienter et reprit la route. Elle s'arrêta devant la maison du camarade de son fils et expliqua rapidement la situation à celui-ci. Le temps qu'elle termine, la maman du petit Christian était sortie pour les accueillir.

— Denise, j'ai besoin que vous me rendiez service. L'hôpital vient d'appeler. Miranda est en train d'accoucher.

Denise eut un large sourire.

— Pas de problème. Je m'occupe de Zack. Le mieux est qu'il reste ici cette nuit. Il mettra l'un des pyjamas de Chris, et je lui trouverai une brosse à dents.

— Merci. Appelez-moi s'il y a le moindre souci.

Elle redémarra dès que son fils fut descendu du véhicule, non sans un dernier coup d'œil aux deux gamins qui faisaient des sauts de joie sur la pelouse.

L'estomac noué, Jenn fit demi-tour pour aller prendre Kelly à la foire. Comprenant son urgence, le gardien la laissa passer par l'entrée réservée, qui la rapprochait des stands. D'un bond, elle fut hors de sa voiture et elle s'engouffra dans la grange. Kelly était devant l'enclos de Pétunia, Ryan à son côté. Les yeux dans les yeux, ils n'avaient pas l'air de se préoccuper de la litière souillée ni des porcelets se battant autour des tétines gonflées de leur mère.

A sa vue, Kelly écarquilla des yeux incrédules.

— Mais, tante Jenn, qu'est-ce que…

Jenn montra la porte d'un geste impatient.

— Vite, Kelly… Le bébé est en train de naître.

Les yeux de la jeune fille s'élargirent démesurément et elle avala sa salive. Elle se détourna de Ryan, le rouge aux joues.

— Juste une minute ! Il faut que je nourrisse Pétunia.

Ryan prit la main de Kelly.

— Mademoiselle Williams, je peux conduire Kelly à l'hôpital dès que nous en aurons fini ici.

Jenn réfléchit une fraction de seconde, puis décida qu'il valait mieux qu'elle soit seule avec Miranda et la sage-femme, au début.

— D'accord. Mais soyez prudents sur la route. Et attachez vos ceintures.

Ryan hocha la tête, solennel.

Les nerfs tendus, Jenn fila vers son véhicule comme un météore et s'empressa d'enfreindre ses propres conseils. Quand elle arriva à l'hôpital, elle avait probablement battu le record du maximum d'infractions au code de la route dans un minimum de temps.

Elle se précipita dans le hall, puis dans le couloir du service de pédiatrie, bousculant au passage les chariots supportant les petits déjeuners des patientes.

Elle emprunta l'escalier, trop impatiente pour attendre l'ascenseur, les odeurs familières de l'hôpital ne faisant qu'accroître son angoisse.

— Miranda ? interrogea-t-elle enfin, à bout de souffle, en déboulant devant le bureau des infirmières.

L'infirmière de garde eut un sourire rassurant.

— Rien de nouveau. Mais tout va bien.

Elle prit Jenn par le bras, la conduisit dans une salle attenante et lui glissa au poignet un bracelet de plastique vert portant son nom. Puis elle lui en mit un autre dans la main au nom de Kelly.

— Allez vous asseoir dans la salle d'attente. Je vous enverrai le médecin dès qu'il sortira.

— Que s'est-il passé ?

— Miranda a recommencé à avoir des contractions ce matin, et l'interne de garde a procédé à un test de stress sur le bébé. Le médecin a décidé que Miranda pouvait accoucher, expliqua l'infirmière d'une voix calme et posée.

Un test de stress ? Est-ce que quelque chose n'allait pas avec le bébé ? Pourquoi Miranda ne l'avait-elle pas prévenue ?

— Y a t-il un problème ?

L'infirmière lui tapota le bras.

— Tout se passera très bien.

Jenn alla attendre Kelly près de l'ascenseur. Après ce qui lui parut une éternité, le signal sonore de l'appareil résonna, et les portes s'ouvrirent sur une Kelly décoiffée et haletante.

— Ta maman est dans la salle de travail.

— Qu'est-ce qui ne va pas ?

— Probablement rien. J'ai peur, tout simplement.

— Moi aussi, confessa la jeune fille d'une toute petite voix.

Jenn prit sa nièce par le bras.

— Allons nous asseoir.

Elles prirent place toutes les deux sur d'horribles chaises de plastique orange.

— Où est Ryan ?

— Il est retourné nettoyer le box de Pétunia, puis il va à un rendez-vous chez le dentiste.

Jenn étudia le visage anxieux de sa nièce tout en fixant le bracelet d'identité à son bras mince. Désireuse de détendre l'atmosphère, elle lança :

— Un homme capable d'astiquer l'enclos d'un cochon pour vos beaux yeux ! Ça, c'est de l'amour !

Kelly ne dit rien, mais rougit.

— Tu ne voulais pas qu'il reste ici, n'est-ce pas ?

— Oh ! Tante Jenn... Tout ça est tellement mortifiant !

— Quoi, « ça » ?

— Maman en train d'avoir ce bébé. Et tous mes amis qui sont au courant !

Jenn toussa pour dissimuler son envie de rire.

— Oui, je sais.

Pour un adolescent, l'idée que ses parents puissent avoir des relations sexuelles était difficile à accepter.

— Avais-tu dit à Ryan que ta mère allait accoucher ?

— J'allais le faire, répondit la jeune fille en baissant les yeux. Quand il a compris ce qui se passait, il a dit que c'était cool.

Avant que Jenn n'ait eu le temps de répondre, les portes du service de pédiatrie s'ouvrirent. Le médecin de Miranda retira son masque et son bonnet. Il semblait fatigué et distrait.

— Miranda ? fit Jenn, le cœur dans la gorge.

L'homme lui adressa un sourire las.

— La mère et l'enfant se portent bien.

Jenn ravala un soupir de soulagement.

— Pouvons-nous les voir ?

— Oui. Salle de travail n° 2.

— Oh ! Merci, docteur.

La sœur et la fille se levèrent d'un même élan et firent voler les portes battantes. La salle n° 2 était ouverte et tout semblait calme. Jenn passa la tête. Miranda, l'air épuisée mais heureuse, reposait dans un lit aux draps bien tirés.

Elle les vit et leur sourit.

— Bonjour, vous deux.

Jenn et Kelly s'avancèrent.

— Bonjour, maman, dit Kelly en se penchant pour embrasser sa mère sur la joue.

La main de Miranda, dont le poignet était encore relié aux perfusions, se referma sur celle de sa fille.

Puis Kelly se redressa sans lâcher la main de sa mère, et ce fut au tour de Jenn.

— Comment te sens-tu ?

Miranda émit un petit rire sans force.

— Comme une vieille serpillière qu'on aurait tordue dans tous les sens pendant des heures.

Le visage de Miranda s'épanouit soudain et elle ajouta, triomphante :

— Le petit… L'avez-vous vu ?

Jenn parcourut la pièce du regard. Rien.

— Non, pas encore. Ainsi, c'est un garçon ?

Miranda acquiesça.

— Oui, il est petit mais en bonne santé.

Les yeux de Jenn et de Kelly se rencontrèrent. Elles haussèrent les sourcils en même temps.

— Qu'est-ce que ça signifie ? Aviez-vous fait un pari, toutes les deux ?

Kelly gloussa.

— Non. Mais quand nous avons consulté la diseuse de bonne aventure, elle parlait du bébé comme si c'était un garçon.

Miranda haussa les épaules.

— Bah ! Elle avait une chance sur deux de ne pas se tromper.

Jenn hocha la tête et ajouta :

— Elle a aussi prédit que Kelly tomberait amoureuse cet été.

Kelly devint écarlate.

Miranda regarda sa sœur, puis sa fille.

— Pourquoi ai-je l'impression que vous me cachez quelque chose ? A moins qu'il s'agisse de ce nouveau venu, le jeune Ryan ?…

— Maman ! couina Kelly.

Jenn et Miranda rirent.

— Contente de voir que la bonne humeur règne dans cette pièce, dit dans leur dos la voix d'une infirmière. Mais il va falloir que vous laissiez la maman tranquille pour que nous puissions la ramener dans sa chambre.

Miranda reprit la main de sa fille.

— Va faire connaissance avec ton petit frère, mon chou.

— Bonne idée, approuva Jenn. Nous reviendrons te revoir quand tu auras pris un peu de repos.

Dans la nursery, l'infirmière assise derrière le bureau portait une blouse turquoise avec des nounours et des poupées multicolores en impression. Elle leur demanda leur nom et celui du bébé, vérifia leurs bracelets d'identité et les pria de patienter.

Puis elle disparut derrière une porte et en revint presque aussitôt avec un léger fardeau dans les bras.

— A qui la première ?

Soudain effrayée, Jenn indiqua sa nièce.

— Il me semble que l'honneur revient à la grande sœur, dit-elle, sans pouvoir s'arracher à la contemplation du petit être enveloppé dans une couverture blanche.

L'infirmière déposa le bébé dans les bras tendus de la jeune fille, qui poussa aussitôt un cri d'émerveillement.

— Oh ! Tante Kelly ! Regarde ! Il est si petit et si parfait !

D'une main, elle repoussa la pointe de la couverture, qui dissimulait une partie de la frimousse.

— Quel est ton nom, petit ange ?

La poitrine de Jenn se contracta tandis qu'elle regardait Kelly gazouiller des mots tendres dans l'oreille de son petit frère.

La diseuse de bonne aventure avait-elle vu juste encore une fois ? Le deuxième amour d'été de Kelly était-il son petit frère nouveau-né ?

En tout cas, cela en avait tout l'air. Toute l'animosité que la jeune fille avait manifestée à l'égard de la grossesse de sa mère s'était évanouie comme par miracle.

Kelly se tourna sur sa chaise.

— A ton tour, tante Jenn.

Et, joignant le geste à la parole, elle lui tendit précautionneusement le bébé.

Jenn se figea.

— Tante Jenn ?

La jeune femme se força à tendre les bras mais, aussitôt qu'elle sentit le poids léger peser dans ses bras, sa respiration s'arrêta. Le sang se mit à battre douloureusement dans son crâne, et des gouttes de sueur perlèrent sur son front. Paniquée par cette réaction physiologique incontrôlable, elle tenait le bébé devant elle comme s'il s'agissait d'une charge de dynamite susceptible d'exploser d'une minute à l'autre.

— Tante Jenn ! Ça va ? fit la voix de Kelly, lui parvenant comme au travers d'un épais brouillard.

— Oui… Non… Je ne sais pas.

Ses yeux la brûlaient, sa vision se troubla. Elle se rendait bien compte qu'elle retenait son souffle, mais elle était incapable de se remettre à respirer normalement. Des larmes jaillirent sous ses paupières et se mirent à ruisseler sur son visage.

L'infirmière apparut dans son champ de vision et lui prit le bébé des bras.

— Remettons-le dans sa couveuse, dit-elle d'une voix apaisante. Il pourrait attraper froid.

Jenn ne parvenait pas à se ressaisir. Elle voyait Kelly la dévisager en se rongeant les ongles, visiblement désemparée.

Revenant dans la petite pièce, l'infirmière s'agenouilla près d'elle.

— Ça va aller ?

De nouveau, un rideau opaque tomba devant les yeux de la jeune femme, qui cherchait désespérément son souffle. L'effort, terriblement douloureux, se termina en sanglots convulsifs. Elle secoua la tête.

— La pièce de repos des infirmières est libre.

Venez avec moi. Vous allez vous allonger un moment.

La jeune femme laissa Kelly et l'infirmière la guider vers la salle, et glissa sur le lit comme on tombe au fond d'un puits.

Tout en refermant le dernier dossier de plainte contre X dans l'affaire de l'escroquerie immobilière, Trace pensait à Jenn.

L'Interphone résonna sourdement.

— Trace ! Kelly Roberts vous appelle sur la trois, annonça la voix nette d'Henrietta.

— Merci, Henrie.

Il appuya sur la touche trois en se demandant ce que la jeune fille pouvait bien lui vouloir.

— Bonjour, Kelly…

— Shérif ! Pouvez-vous venir à l'hôpital ? C'est à propos de tante Jenn.

La voix de Kelly s'étrangla.

Un grand froid envahit Trace. Il était arrivé quelque chose à Jenn ! Il se leva si brusquement que sa chaise alla taper contre le mur.

— Que s'est-il passé ? Qu'est-ce qu'elle a ?

Kelly eut un long soupir tremblant.

— Je ne sais pas. Maman a eu son bébé, et tante Jenn l'avait dans ses bras… Et tout à coup, elle s'est mise à trembler et à pleurer. Je ne sais pas pourquoi. Maman dort, et j'ai pensé qu'il valait mieux ne pas la réveiller. Je ne savais pas qui appeler d'autre que vous.

Un vif soulagement envahit Trace. Au moins, elle n'était pas blessée.

— Tu as bien fait, mon chou. Reste avec ta tante. Je serai là dans cinq minutes.

— D'accord. Dépêchez-vous. Nous sommes au second étage de la maternité.

Raccrochant aussitôt, Trace se propulsa vers son 4x4. Il atteignit l'hôpital et son second étage dans un délai qui aurait probablement mérité d'être répertorié dans le livre des records et les annales de la gendarmerie. Kelly l'attendait dans l'entrebâillement d'une porte, une boîte de kleenex à la main. Des sanglots étouffés provenaient de la pièce.

La jeune fille, très pâle, désigna quelque chose derrière elle en chuchotant :

— Je ne savais vraiment pas quoi faire. Elle n'arrête pas de pleurer.

Lui posant une main sur l'épaule, Trace l'attira gentiment dans le couloir. Kelly ignorait probablement tout du bébé que Jenn et lui avaient perdu.

— Tu as bien fait de m'appeler, Kelly. Pourquoi

n'irais-tu pas t'asseoir auprès de ta mère un instant ? Si elle se réveille, elle sera contente de te voir à son côté. Mais ne lui parle pas de Jenn pour le moment. J'irai la voir plus tard si besoin est.

Kelly hésita une seconde puis, lui mettant la boîte de kleenex dans les mains, elle hocha la tête et s'éloigna dans le couloir.

Jenn était couchée sur le lit, tournée contre le mur et roulée sur elle-même comme un petit enfant. Elle tremblait et pleurait en même temps.

Le jeune homme s'assit au bord du lit, posa la boîte de mouchoirs sur une petite table de fer blanche et se mit à masser doucement le dos tourné. Elle semblait terriblement mince et fragile sous sa main !

— Va-t'en, s'il te plaît ! murmura-t-elle d'une voix mouillée de larmes.

Se penchant sur elle, Trace rassembla le corps mince entre ses bras et le serra contre lui.

— Pas question, ma douce, murmura-t-il dans ses cheveux, heureux de la voir se calmer petit à petit.

Elle se blottit contre sa poitrine, respirant par saccades.

Nul besoin d'être un génie pour comprendre pourquoi elle était si bouleversée.

— Peux-tu me dire ce qui s'est passé ?

Elle avait besoin de parler, et, cette fois, il ne la laisserait pas tant qu'elle n'aurait pas été jusqu'au bout.

Jenn s'essuya les yeux avec le mouchoir qu'elle serrait dans son poing et se moucha.

— Je ne sais pas.

Elle eut un petit rire qui ressemblait davantage à un sanglot.

— Pourquoi ne m'as-tu pas prévenu, pour ce matin ?

Elle resta silencieuse un instant, puis se serra davantage contre lui.

— L'hôpital a appelé alors que j'accompagnais Zack au centre aéré.

Elle raconta tout jusqu'à la présentation du bébé, puis se tut.

— Kelly m'a dit que tu as pris le bébé dans tes bras…

Jenn opina, frottant sa joue contre la chemise de Trace.

— Jenn… Est-ce que… tout va bien pour le bébé ?

Elle hocha de nouveau la tête.

— Il est petit, mais le médecin dit que ça ira.

— Que s'est-il passé quand tu as pris le bébé ?

Trace n'était pas psychologue, mais il était sûr de la réponse.

— Je ne sais pas exactement. Je me suis mise à trembler et je ne pouvais plus respirer. J'ai dû effrayer Kelly. Moi-même, je me suis fait peur.

La jeune femme essaya de s'asseoir, mais il la retint contre lui.

— Reste tranquille une minute. Il faut que je te pose encore une question.

Elle se détendit contre sa poitrine.

— D'accord, murmura-t-elle d'une voix résignée.

Il fallut à Trace un instant pour trouver les mots. Il savait qu'il s'engageait sur un terrain délicat, mais Jenn devait envisager de front ce qui venait de se passer.

— Quand tu tenais le bébé dans tes bras, pensais-tu à lui comme étant le bébé de Miranda… Ou bien pensais-tu à celui que nous avons perdu ?

Jenn se raidit. Puis, un long moment, elle ne pipa mot. Trace commençait à désespérer quand elle dit dans un souffle :

— Je ne sais pas… je ne suis pas bien sûre…

Il la voyait lutter contre elle-même tandis qu'il lui caressait doucement les cheveux.

— As-tu pleuré quand notre bébé est parti ?

Il voulait qu'elle se laisse aller, qu'elle se libère de cette vieille douleur qu'elle portait en elle depuis huit ans.

Jenn s'éclaircit la gorge.

— Non. Maman n'aurait pas aimé que je pleure.

Il patienta encore un long temps, tout en s'évertuant à ne pas maudire cette mère tyrannique.

Sans succès.

— Elle m'a fait dormir dans son lit cette nuit-là. Elle disait que ça ne servait à rien de pleurer. Que ce n'était pas intelligent.

Sa voix trébucha. Puis elle laissa échapper un soupir.

— Je l'avais même oublié… jusqu'aujourd'hui.

— Garder une telle douleur pour toi toute seule pendant huit ans, c'est beaucoup, Jenn. Il fallait que ça sorte. Te sens-tu mieux, maintenant ?

La jeune femme acquiesça. Pour la première fois depuis qu'il était entré dans la pièce, elle le regarda, le visage gonflé de larmes, les yeux rougis.

Trace la trouva incroyablement belle.

— Et toi ? As-tu pleuré ? demanda Jenn d'une petite voix.

— Oui.

Trace sentit les larmes lui monter aux yeux et il pressa la jeune femme contre lui encore plus fort, jusqu'à ce qu'elle s'endorme.

— Et toi ? As-tu pleuré ? demanda Jenn d'une petite voix.

— Oui.

Trace sentit les larmes lui monter aux yeux et il pressa la jeune femme contre lui encore plus fort, jusqu'à ce qu'elle s'endorme.

# 13.

Installée dans la salle de conférences qui jouxtait le bureau de Trace, Jenn ouvrit le dernier dossier concernant l'arnaque immobilière dont avaient souffert tant d'habitants de Blossom.

Elle travaillait sur cette affaire depuis plusieurs jours. Elle avait bien trouvé une piste, mais elle ne parvenait pas à la remonter. Et, par-dessus le marché, il y avait probablement des victimes dont ils ignoraient l'identité. Nombre d'entre elles devaient avoir honte de s'être fait aussi facilement berner.

Le temps était peut-être venu de divulguer cette affaire dans la presse. Cela pourrait délier les langues. La seule chose dont elle était certaine, pour l'heure, c'était qu'au moins l'un des criminels avait accès aux comptes en banque des victimes.

Jenn fit une note à l'intention de Trace pour qu'il fasse une enquête auprès des agences bancaires de la ville. Peut-être avaient-elles eu affaire à des pirates informatiques juste avant l'escroquerie. A moins qu'un employé indélicat n'ait été renvoyé et ne se soit vengé à sa manière…

Puis, refermant le dossier, elle étira son dos douloureux. C'était l'heure d'aller chercher Zack au centre aéré puis de passer prendre Kelly à la foire. Et la soirée s'annonçait animée. C'était en effet ce soir-là que Miranda et le bébé rentraient à la maison.

L'œil posé sur la pile de documents nettement rangés, la jeune femme soupira en pensant à ce qui s'était passé le jour de la naissance de son neveu. Elle avait fait une crise de nerfs. Il n'y avait pas d'autre mot.

Elle redessina du doigt les mots inscrits sur le premier dossier de la pile. Si ce brusque afflux d'émotions l'avait vidée de toute son énergie, elle se sentait plus en paix avec elle-même qu'elle ne l'avait été depuis longtemps.

Et c'était à Trace qu'elle le devait.

Tout de suite, il avait été là, la réconfortant de sa chaude présence. Il l'avait prise entre ses bras, l'avait encouragée jusqu'à ce qu'elle laisse remonter en elle ce qu'elle avait enfoui pendant huit ans.

Il fallait bien l'admettre. Les sentiments qu'elle

éprouvait pour lui étaient les mêmes qu'à cette époque-là.

Soigneusement, elle aligna stylos et crayons devant elle. Pourquoi s'était-elle efforcée de garder à ce point ses distances avec Trace ?

Mais elle connaissait la réponse. Elle avait essayé de se protéger. Pas de lui, mais de ses propres sentiments.

Etait-ce parce qu'elle l'aimait toujours qu'elle faisait tant traîner la procédure d'annulation de leur mariage ?

Elle considéra la rangée de stylos et secoua la tête. Ils étaient classés par tailles et par couleurs. Trace avait raison. Tout contrôler était sa règle de vie. C'était son seul moyen de se sentir bien avec elle-même. Et avec le reste du monde.

D'une pichenette, elle disloqua le bel arrangement. Qu'arriverait-il si elle se laissait un peu aller ? Si elle lâchait la bride ? Et comment se sentirait-elle dans quelques mois si elle rentrait à Dallas sans avoir donné sa chance à sa relation avec Trace ?

Un vieux dicton revint à la mémoire de la jeune femme, qui disait qu'on ne regrette pas les choses qu'on a faites, mais celles que l'on s'est refusées.

Voulait-elle passer le reste de sa vie à se poser des questions ?

Ils étaient tous deux des adultes. Et en plus, ils étaient toujours mariés.

Posant ses deux coudes sur la table, Jenn cala son menton sur ses mains croisées. Quel mal y aurait-il à tester quelques possibilités avant de rentrer chez elle ?

Elle était sûre que Trace n'y verrait aucun inconvénient.

Plus la jeune femme y pensait, plus l'idée lui plaisait.

A dix-huit ans, ils avaient fait l'amour hâtivement sur le siège arrière de la voiture de Trace. Ce ne serait certainement pas pareil, aujourd'hui…

— A quoi penses-tu ?

Jenn sursauta en reconnaissant la voix de Trace. Son visage s'empourpra jusqu'à la racine des cheveux.

Il avait troqué son uniforme contre un jean et une chemise bleue. C'était une couleur qui lui allait bien, songea Jenn, rougissant encore sous le regard aigu de son compagnon.

Elle sourit. Comment réagirait-il s'il pouvait lire dans ses pensées ?

— A toi. T'ai-je remercié de t'être montré si gentil ?

Elle vit la bouche de Trace se crisper imperceptiblement, puis son visage se détendre dans un bon sourire. Il fit un pas dans la pièce.

— Oui, oui… Il est temps de faire une pause.

Se levant, Jenn s'étira longuement. Elle était consciente du regard de Trace posé sur son corps.

— Oui. Il faut que j'aille chercher Zack.

— Parfait. Je vous invite tous les deux à déjeuner.

Elle tâcha de ne pas penser à ce qu'elle aurait préféré faire pendant l'heure du repas. Maintenant qu'elle avait imaginé ce qui pourrait arriver entre eux, elle ne pouvait plus chasser cette idée-là de son esprit. Mais elle avait des responsabilités. Plus qu'il ne lui en fallait.

— Je dois aussi passer prendre Kelly sur le champ de foire.

Trace sourit.

— Eh bien !… Nous déjeunerons là-bas.

Ils sortirent ensemble dans la chaleur de ce beau jour d'été. Le soleil était bon sur les bras nus de Jenn.

— Jenn ? interrogea son compagnon en s'arrêtant sur le trottoir.

La jeune femme s'immobilisa, tous ses sens concentrés sur la main qui venait de se poser sur son bras. Elle devait absolument cesser de rêver les yeux ouverts.

— Oui ?

Il scruta son visage.

— A quoi penses-tu ? demanda-t-il de nouveau.

Elle haussa les épaules.

— Oh !… A un tas de choses. A Miranda et au bébé, qui arrivent ce soir.

Retirant sa main, Trace leva un sourcil sceptique.

— Est-ce qu'il a déjà un nom ?

— Pas encore. Miranda y réfléchit.

— Roger sait-il que son enfant est né ?

— Il est quelque part du côté de Mexico. Et il a déjà fait comprendre clairement à Miranda qu'il ne se sentait pas concerné.

Le regard du jeune homme s'étrécit.

— Peu importe. Il a des responsabilités à assumer.

Jenn hocha la tête. Certains hommes savaient les assumer. Il y en avait d'autres que cela faisait fuir comme la peste. Apparemment, le mari de Miranda appartenait à la deuxième catégorie.

Elle se dirigea vers sa voiture.

— Il faut que j'y aille. Zack va s'inquiéter.

La retenant par la main, Trace l'entraîna dans la direction opposée.

— Prenons mon 4x4. Je dois faire une petite livraison sur le chemin.

Jenn lui emboîta le pas et, en arrivant au niveau du tout-terrain, remarqua tout de suite une grosse tortue en plastique sur le siège arrière.

— Qu'est-ce que c'est que ça ?

— La victime d'un nouveau kidnapping. Celle-ci était accompagnée d'un petit mot disant : « Plus question de faire la course avec le lièvre. Je prends ma retraite. »

Jenn pouffa.

— Au moins, ce voleur-là a le sens de l'humour !

Elle dut relever sa jupe pour grimper dans le haut véhicule et sentit le regard de son compagnon se poser sur ses jambes nues. Trace avait toujours su la rendre féminine et désirable. Elle s'assit sur le siège du passager avec un demi-sourire.

Même avec les fenêtres ouvertes, l'air était étouffant dans l'habitacle, et le métal du siège lui brûlait les mollets. Rien de plus chaud que le Texas en été.

Trace prit place à côté d'elle.

— Tout ça se terminera avec la rentrée des classes. Hélas, les gamins prennent pour cible ceux qui pensent que la jeune génération est en train de se perdre corps et âme…

— Je crois me souvenir qu'ils émettaient déjà la même sombre prophétie à notre sujet.

Trace eut un lent sourire.

— Oui. C'est exactement ce que nous disions l'autre jour, Jason et moi.

Jenn éclata de rire et jeta un coup d'œil sur le beau profil de son compagnon tandis qu'il démarrait lentement.

— Si les gens étaient au courant des exploits du shérif et de son lieutenant dans leur jeunesse, il y a beau temps que vous auriez perdu votre poste, tous les deux.

Trace accéléra.

— Serait-ce du chantage ?

— Tiens, tiens… pourquoi pas ? Il faut juste que je réfléchisse à la nature de la rançon…

Et elle ajouta, lui décochant un regard de vif argent :

— J'ai déjà ma petite idée…

Ils rirent de nouveau, et Jenn, toute rouge de son audace, fut ravie de voir Trace contraint de se concentrer sur la route.

C'était bon de savoir qu'ils étaient de nouveau amis, tous les deux. Elle se rendait compte, soudain, que cela lui avait manqué presque autant que son amour.

Jenn, légèrement en retrait derrière Trace et Zack, regardait d'un œil méfiant l'attraction de foire dénommée « la chaise volante » bringuebaler de part et d'autre à la grande joie de ses passagers, qui poussaient des cris d'horreur et de ravissement.

— Zack, mon chou, vraiment, ça ne me dit rien du tout que tu montes dans un engin pareil.

Surtout après avoir ingurgité un hamburger et une glace.

Trace fit un clin d'œil à la jeune femme et, prenant l'enfant par la main, l'entraîna devant le portillon pendant que le manège s'arrêtait.

— Allez, viens, fiston ! Les timorées n'ont qu'à aller s'asseoir sur un banc en nous attendant.

Ne se le faisant pas dire deux fois, Zack s'avança hardiment tout en adressant à sa mère un petit geste d'adieu accompagné d'un sourire éclatant.

Jenn réprima l'envie de le tirer en arrière. N'encourageait-elle pas toujours son fils à prendre la vie à pleines mains, malgré son handicap ?

Trace et Zack s'installèrent sur leur siège et attachèrent leur harnais de sécurité. Trace vérifia celui de Zack tandis que le manège démarrait, accélérant aussitôt. Jenn les vit passer et repasser devant elle, avec sur le visage la même expression de terreur et de joie.

Quand l'engin s'arrêta, elle soupira de soulagement.

Tandis qu'ils la rejoignaient, Zack s'empara fermement de la main de son grand ami.

— Un tour sur la rivière enchantée, ça te dirait ? proposa Trace.

Jenn acquiesça.

— Là, d'accord. C'est tout à fait à ma hauteur.

Se penchant sur Zack, Trace expliqua avec des gestes maladroits, en montrant l'attraction faite de petites barques qui tanguaient, tractées par un fil invisible, sur le parcours sinueux et modestement accidenté d'une rivière.

— Tu veux ?

Hochant la tête, le gamin se dirigea d'autorité vers le guichet.

— C'est un bon gamin, Jenn, dit Trace en

prenant la main de la jeune femme. Tu as fait du bon travail.

— Merci.

Elle ne pensait pas y être pour grand-chose. Zack était déjà un enfant très attachant, quand elle l'avait adopté. Cela dit, les compliments de Trace lui réchauffaient le cœur.

Quand ce fut leur tour, Trace guida Zack pour l'aider à prendre place dans la barque. Puis il fit monter Jenn et s'installa à côté d'elle sur le siège étroit. Au contact du grand corps serré contre le sien, la jeune femme rosit. Pour libérer un peu de place, il lui passa un bras autour des épaules et la serra contre lui.

Comme un flash, le souvenir de la dernière fois que la jeune femme était montée dans cette barque, ou dans une autre toute pareille, lui revint à la mémoire. C'était huit ans plus tôt, avec Trace. L'été où elle était tombée enceinte. La nostalgie de ces moments heureux, le désir de sentir de nouveau cette harmonie physique qui les unissait firent remuer la jeune femme sur son siège.

— Tu es bien installée ? demanda Trace.

Sa voix, que l'émotion ou le désir rendait un peu rauque, lui arracha un frisson.

— Oui. Oh, oui…

Il hocha la tête, ses yeux toujours plongés dans les siens tandis qu'il lui caressait le bras. L'expression de son regard semblait dire qu'il savait ce qu'elle pensait. Elle s'empourpra de nouveau.

Quand ils passèrent sous le pont orné de fleurs de bougainvillées, il l'embrassa, d'un long et fougueux baiser qui la fit gémir tout au fond d'elle.

— Tu sais bien, c'est la tradition, murmura-t-il contre ses lèvres.

Comme ils ressortaient dans la lumière éclatante, Jenn lui rendit son baiser. Autre tradition.

Une petite main tira sur sa jupe pour attirer son attention. Bon sang ! L'espace d'un instant, elle avait complètement oublié Zack. Elle se pencha vers lui et il lui montra une rangée de nuages, noirs et menaçants, qui montaient de l'horizon.

— On dirait bien qu'une tempête s'annonce, dit Trace, tandis que son téléphone cellulaire se mit à sonner.

Il l'extirpa tant bien que mal de sa poche.

— Allô ! McCabe, à l'appareil… Oui… Je suis à la foire, et d'ici on le voit très bien. Contacte de nouveau le service météo dans dix minutes et rappelle-moi.

Tandis que leur barque accostait en tanguant, il désigna les nuages d'un geste du menton.

— Si c'est un simple orage, il peut très bien passer à côté de nous sans toucher la ville. Mais je crains qu'il n'y ait quelque chose de plus sérieux derrière. Il faut que j'y aille.

— As-tu le temps de nous reconduire jusqu'à ma voiture ? Zack passe la nuit chez son camarade, et je dois le conduire là-bas avant d'aller chercher Miranda à la maternité.

— Bien sûr. Passons prendre d'abord Kelly.

La température était brusquement descendue, et le vent commença à se lever alors qu'ils atteignaient la grange.

Kelly n'y était pas. Juste au moment où Jenn commençait à lui rendre sa confiance, la jeune fille n'était pas où elle aurait dû être.

Trace détacha une feuille de papier enroulée sur la barrière entourant l'enclos de Pétunia. Il la parcourut et la tendit à Jenn.

Apparemment, Ryan avait conduit Kelly à la pharmacie afin d'y acheter un collyre pour les yeux des porcelets. Puis il la raccompagnerait directement chez elle.

La colère de Jenn s'apaisa. Au moins, la jeune fille avait pris soin d'indiquer où elle était. A condition que ce soit la vérité, évidemment…

A l'âge de Kelly, Jenn avait inventé pas mal

d'histoires à l'intention de sa mère pour aller rejoindre Trace au bord de Denton Pond et y passer l'après-midi à nager et à l'embrasser. En ce temps-là, elle avait autant besoin de lui que d'air pour respirer…

Et il lui prit soudain l'envie d'y retourner avec lui.

En tête à tête.

Elle exhala un soupir de frustration en regardant Trace et Zack échanger des signes avec une complicité émouvante.

Entre sa sœur, le bébé qui venait de naître, sa nièce et Zack, où pourrait-elle trouver le temps de l'avoir un peu pour elle toute seule ?

Tournant la tête vers elle, Trace lui adressa un lent sourire. Elle lui sourit aussi, comprenant soudain qu'il savait exactement à quoi elle était en train de penser.

# 14.

Quand Jenn atteignit son domicile, la marée de nuages, maintenant d'une curieuse teinte pourpre, avait envahi le ciel.

Il y avait un message de Miranda sur le répondeur. Jenn la rappela aussitôt.

— Bonjour, petite sœur. Prête à regagner tes pénates ?

— Pas tout à fait… Je ne rentre que demain.

Miranda semblait lasse et déprimée.

— Qu'est-ce qui ne va pas ? s'alarma Jenn.

— Rien de grave. Juste un peu de température. Comme les médecins m'ont mise sous antibiotiques, ils souhaitent me garder encore un peu.

— Je viens tout de suite.

— Vraiment, mon chou, j'aime mieux pas. Je suis fatiguée. Je vais dormir un peu. Et puis, de mon lit, je vois la tempête qui s'annonce. Je préfère que tu restes à la maison avec les enfants.

— Tu es vraiment sûre qu'il n'y a rien de grave ? Le bébé va bien ?

— Merveilleusement bien. Il mange et il dort tout le temps. Et pour ce qui est de la température, les médecins assurent que ça arrive souvent.

— Bon, alors, à demain, répondit Jenn, encore peu convaincue. Je t'appelle avant de passer te prendre.

Un éclair zébra le ciel, suivi aussitôt du claquement sec d'un coup de tonnerre. Kelly n'était pas encore rentrée, et Jenn regrettait de ne pas lui avoir rendu son portable. Au moins, elle aurait pu la joindre et savoir où elle était.

Elle passa un bref appel chez le camarade de Zack, et la mère de celui-ci la rassura tout de suite. Ils étaient en train de jouer à des jeux vidéo dans le grenier, et, après le repas, toute la famille se réunirait dans le salon pour regarder un Walt Disney sur leur grand écran. Elle décida d'appeler chez les parents de Ryan. Si le jeune homme disposait d'un téléphone portable, elle pourrait joindre Kelly par cette voie. Hélas, les renseignements l'informèrent que les Stone n'étaient pas encore dans l'annuaire.

L'idée que Kelly et Ryan étaient peut-être encore dehors, inconscients du danger, rendait

Jenn folle d'angoisse. Elle connaissait les orages de fin d'été au Texas. Ils pouvaient se transformer en tornade avant même qu'on ait eu le temps de dire ouf !

Trace pourrait peut-être lui obtenir le numéro des Stone. Au moment précis où elle s'emparait du téléphone, un nouvel éclair survint, puis un grondement sinistre, et la lumière s'éteignit. Quand elle porta l'écouteur à son oreille, il n'y avait plus de tonalité. La ligne avait été coupée. Quant à son portable, il sonnait occupé.

Jenn laissa un message à l'intention de Kelly sur la table de la cuisine et prit ses clés de voiture. Mieux valait aller jusqu'au bureau de Trace avant que l'orage ne se soit franchement déclaré.

Dehors, la température avait baissé d'une dizaine de degrés.

Quand elle sortit de sa voiture devant l'hôtel de police, un vent mêlé de pluie s'engouffra dans son blouson et balaya ses cheveux. Elle traversa le parking en courant et se précipita vers le bâtiment. Dans le hall, elle trouva Trace installé derrière le bureau de Henrietta.

— Jenn ! Qu'est-ce que tu fais ici ?

Il n'avait pas l'air content de la voir. Malgré tout,

la jeune femme éprouva en le voyant une agréable sensation de chaleur et de réconfort.

— Je n'arrive pas à savoir où est Kelly. J'ai besoin de ton aide.

— Bon sang, Jenn, tu aurais dû téléphoner ! Circuler en voiture dans cette tempête, c'est de la folie !

— Je sais. Mais je n'ai plus d'électricité, et le réseau de mon portable est saturé. Et les Stone ne sont pas encore dans l'annuaire.

L'expression de Trace se radoucit. Il fouilla dans sa poche de poitrine et en sortit son portable.

— Je vais appeler mon contact auprès des renseignements téléphoniques. Si les Stone ont un appareil, il me donnera leur numéro.

De sa main libre, il prit celle de la jeune femme et l'entraîna vers son propre bureau.

Jenn se laissa conduire, soulagée que Trace ait pris la direction des opérations.

Trace composa un numéro, formula sa demande d'une voix brève et griffonna sur un bloc-notes.

— Voilà. Nous l'avons.

Tandis qu'elle appelait, il demeura à son côté, une main sur son épaule.

Une voix de femme répondit aussitôt.

— Bonjour, madame Stone. Je suis Jennifer

Williams. Je cherche ma nièce, Kelly. Je crois qu'elle est avec votre fils.

— Oh ! Mais bien sûr. Ils sont là tous les deux. Kelly a essayé de vous joindre, mais personne ne répondait. Je lui ai dit qu'elle ne pouvait pas rentrer chez elle par ce temps. Je ne voulais pas que Ryan conduise avec cette pluie !

Jenn soupira de soulagement, et Trace pressa son épaule.

— Je voulais juste m'assurer que tout allait bien.

— Tout va très bien, assura la voix chaleureuse de Mme Stone. Je viens de leur demander de sortir dans le patio pour ranger le mobilier de jardin. Voulez-vous parler à Kelly ?

— Non, non. Ce n'est pas nécessaire. Pouvez-vous la garder chez vous jusqu'à ce que la tempête se calme ? Je passerai la prendre ensuite.

— Bien sûr.

— Merci.

Jenn raccrocha.

— Alors, Jenn, rassurée ?

Avant que la jeune femme ait pu répondre, la radio se mit à crachoter. Puis une voix s'éleva. Le chef de la police du comté informait ses collègues qu'une tornade avait été signalée à proximité et qu'elle se dirigeait d'ouest en est.

Le cœur de Jenn se bloqua dans sa gorge. Trace, qui s'était assis derrière son bureau, l'attira à lui et la fit asseoir sur ses genoux. Sa grande main chaude montait et descendait le long de son dos.

— Tu as entendu. La tornade se dirige vers l'est. La maison des Stone, celle du camarade de Zack et l'hôpital sont au sud. Alors, cesse de t'inquiéter.

Il lança une alerte générale à l'intention de tous ses hommes, de la caserne de pompiers et du service d'urgence de l'hôpital. Puis il mit en action la sirène d'alarme.

Mais tout ce vacarme ne pouvait rivaliser avec le charivari qui régnait dans la tête de Jenn. Tout le monde savait que l'itinéraire d'une tornade était parfaitement imprévisible. Elle pouvait changer de direction sans crier gare.

— Viens ! lui dit Trace en prenant de nouveau la jeune femme par la main. Descendons dans l'abri. Il est peu probable que nous soyons concernés, mais on ne sait jamais.

Elle suivit docilement son compagnon. Alors qu'ils n'étaient qu'à mi-chemin dans l'escalier, toutes les lumières s'éteignirent. La dynamo de secours se mit en route et des lampes s'allumèrent sur les murs, baignant l'escalier et le sous-sol d'une étrange lumière orange.

— Je n'étais jamais venue ici, dit Jenn en descendant les dernières marches de l'abri.

Trace rit.

— Encore heureux. Ce coin est réservé aux délinquants en attente d'être incarcérés.

Il la conduisit dans une salle aux murs de béton et dont la porte était blindée. Là se trouvaient quatre bureaux munis d'un téléphone et d'une radio chacun. Des rations de survie s'empilaient sur une étagère, et le long du mur opposé s'alignaient quatre couchettes superposées. Contre le dernier mur libre s'étalait un vieux canapé en cuir aux coussins effondrés.

Le visage de Jennifer s'éclaira.

— Oh ! Mais n'est-ce pas ton canapé ?

Il lui passa un bras autour des épaules.

— Oui. Quand maman est partie s'installer en Floride, elle a voulu le vendre dans une brocante. Je lui ai dit qu'il me rappelait trop de souvenirs et je l'ai descendu ici.

Le sous-entendu fit sursauter Jenn.

— Tu n'as tout de même pas dit ça à ta mère ?

La retournant vers lui, il se pencha sur son visage.

— Bien sûr que si ! Elle a dû croire que je faisais allusion aux longs samedis et aux dimanches matin passés là à regarder des dessins animés à la télé.

Jenn rit et posa son front sur l'épaule de Trace. Ils en avaient passé du temps, tous les deux, à raconter des histoires à leurs parents afin de se voir !

Jenn pensa à Kelly, et son rire s'évanouit.

Trace baissa la radio qui crépitait sans interruption et se pencha sur elle.

— Que se passe-t-il, Jenn ? Dis-moi ce qui te tracasse.

Jenn soupira. Trace lisait décidément en elle comme dans un livre ouvert.

— Kelly est en train de tomber amoureuse de Ryan.

Trace haussa un sourcil.

— Et alors ?

— Elle le regarde de la manière dont je te regardais, toi.

— Je ne vois pas ce qu'il y a de mal à ça, se récria-t-il en déposant un baiser sur sa tempe.

— Je ne veux pas qu'il lui fasse du mal.

Trace repoussa doucement la jeune femme pour la regarder dans les yeux.

— Tu as peur qu'elle tombe enceinte ?

Elle hocha la tête.

— Oui. J'y ai pensé.

— Et ne crois-tu pas que ce soit de la responsabilité de Miranda ?

Il avait sans doute raison, mais Miranda avait d'autres chats à fouetter pour le moment — et c'est ce qu'elle lui répondit.

— Alors, que vas-tu faire ?

— Je ne sais pas.

Trace recula d'un pas, tenant toujours sa compagne par les épaules, et s'assit sur le coin d'un bureau.

— Permets-moi de te demander quelque chose. Si Kelly venait t'annoncer qu'elle était enceinte, quelle serait ta réaction ?

Jenn réprima le tremblement qu'elle sentait monter en elle. Elle voulut se libérer de l'emprise de Trace, mais il la tenait fermement.

— Je… je ne sais pas.

Il la dévisageait, le regard intense.

— Est-ce que tu la rejetterais ?

— Non !

Elle ne pourrait pas faire ça à Kelly.

— Lui demanderais-tu de se débarrasser de l'enfant ?

— Mon Dieu, non ! s'exclama-t-elle en levant les mains devant elle, comme pour repousser cette idée. Bien sûr que non !

A quoi Trace voulait-il en venir ?

— La traiterais-tu comme t'a traitée ta mère ? demanda-t-il encore, d'une voix si basse qu'elle devait tendre l'oreille.

— Jamais.

Se redressant, Trace l'attira contre lui.

— Non, tu ne le ferais pas. Parce que ton amour pour elle est inconditionnel. Même si Kelly commettait la même erreur que nous, les conséquences en seraient moins graves pour elle. Le comprends-tu ?

— Oui.

Mais pourtant, elle ne voulait pas que Kelly passe par là.

L'étreinte de Trace se resserra.

— Parle-lui, Jenn. Raconte-lui ce qui nous est arrivé, quoique je suppose qu'elle se doute déjà de pas mal de choses.

Jenn s'abandonna contre lui. Il effleura d'un baiser sa joue, puis sa bouche. Ses lèvres étaient aussi légères qu'un papillon.

— Jenn, je n'ai pas honte de ce qui est arrivé. Je regrette seulement que ça se soit terminé comme ça.

Elle laissa tomber cette remarque entre eux, comme un caillou au fond d'un puits. Et elle ? Avait-elle eu honte ? Etait-ce pour cela qu'elle avait fui Blossom ? C'était possible…

Avant qu'elle ait pu approfondir cette hypothèse, la radio se mit à crachoter de nouveau.

Plusieurs rapports de la météo se succédèrent, annonçant d'abord que la tempête se calmait, puis que la tornade s'était dissipée sans faire de réels dégâts. Jenn se laissa tomber sur une chaise. Dieu merci ! Tout le monde était sain et sauf.

— Nous ferions aussi bien de remonter, décréta Trace.

Elle le suivit vers l'escalier, en ruminant ce qu'il avait dit. Soudain, s'arrêtant net, son compagnon se retourna vers elle et la plaqua contre le mur.

— Que… que fais-tu ?

La bouche de Trace effleura sa joue et, descendant le long de son cou, se nicha dans le creux de son épaule.

— Ce que j'aurais dû faire il y a huit ans, dit-il en refermant la porte d'acier d'un coup de pied.

S'appuyant de tout son poids sur sa compagne,

il se mit à l'embrasser longuement comme s'il buvait à la source d'une fontaine.

S'accrochant à ses vêtements, Jenn se dégagea pour respirer.

— Trace McCabe ! As-tu vu où nous sommes ? Tu es devenu fou !

— Oui.

Il l'embrassa encore, et Jenn sentit ses jambes vaciller. Elle enroula ses bras autour de ses larges épaules tandis que les mains fébriles de Trace ouvraient le bustier de sa robe…

— Et si quelqu'un entrait et nous surprenait ? haleta-t-elle.

— Il y a peu de risques.

Elle eut un gémissement comme il caressait ses seins.

Il fallait absolument dire ou faire quelque chose.

— Mais enfin, Trace… Que… que faisons-nous ?

Trace laissa échapper un petit rire.

— Si tu as besoin de le demander, c'est que je ne suis pas assez explicite.

Incapable de contrôler la vague de plaisir qui montait en elle, Jenn se cambra sous les caresses.

Une rauque approbation monta de la gorge du jeune shérif.

— Trace… Il ne faut pas !

— Pourquoi ? Nous sommes toujours mariés, que je sache. Et je suis sûr que tu le veux autant que moi.

C'était vrai. Elle désirait Trace de toutes les fibres de son être. Elle s'était tellement reposée sur lui ces derniers jours qu'elle avait l'impression qu'ils formaient un vrai couple, qu'ils étaient mariés pour de bon. C'était peut-être pour cela qu'elle n'avait toujours pas complété le formulaire d'annulation de leur mariage.

Tout à coup, plus rien ne semblait compter que la chaleur de ses mains sur son corps. Que le frémissement de sa bouche sur la sienne.

Il l'embrassa de nouveau, ne s'interrompant que lorsqu'ils furent tous deux à bout de souffle.

Puis, la soulevant dans ses bras, frémissante et à demi nue, il la porta sur le vieux canapé de leur adolescence.

En prenant possession de son corps, Trace murmura, la bouche entrouverte sur la pointe de son sein dressé :

— J'adore cette robe bain de soleil… Toute

la journée, je me suis dit que tu ne portais pas grand-chose dessous.

Et, comme jadis, il exerça sur elle cette magie sensuelle qui la faisait pleurer et gémir de bonheur.

Trace attira Jenn contre lui et la tint dans ses bras, endormie. Sa main courait dans ses cheveux courts et soyeux, et elle enfouit son visage dans son cou avec un petit grognement de bien-être. Il soupira et embrassa sa tempe gracile.

Désormais, il savait qu'il ne se contenterait pas d'une aventure d'un été.

Il voulait être un père pour Zack. Et il voulait beaucoup d'autres enfants pour lui tenir compagnie.

Bouleversé par l'intensité de ses émotions, il comprit soudain qu'il aimait Jenn plus encore que durant l'été de leurs dix-huit ans.

Maintenant, ils appartenaient l'un à l'autre.

Pour toujours.

# 15.

Jenn attendait à l'entrée du carrousel près duquel elle avait rendez-vous avec Trace et Zack.

Trace et elle n'avaient pas encore parlé. Les deux derniers jours avaient été bien remplis, avec l'évaluation finale des activités pédagogiques et la poursuite de l'enquête sur l'escroquerie immobilière.

Sans compter qu'avec Zack, Kelly, Miranda et son bébé, la maison ne manquait pas d'animation.

Trace avait emmené Zack au ranch des Tucker pour une nouvelle leçon d'équitation, ce matin-là, pendant qu'elle travaillait sur les dossiers de l'enquête dans son bureau. La tâche était à la fois fastidieuse et passionnante. C'était un peu comme rassembler les pièces d'un puzzle géant.

Et elle commençait à y voir enfin clair.

— Avez-vous trouvé ce que vous croyiez avoir

perdu ? demanda une voix de femme dans son dos.

Une voix douce et un peu rauque que Jenn avait l'impression de connaître.

Elle fit volte-face. Cherry, la diseuse de bonne aventure, s'approcha d'un pas. Elle portait une jupe à volants multicolores, et un foulard rouge retenait ses longs cheveux.

— Je… je n'en suis pas très sûre…, bafouilla Jenn, désarçonnée.

La femme lui tapota le bras.

— Vous le serez bientôt. Il vous suffira d'écouter votre cœur.

Puis, avec un dernier sourire, elle s'enfonça dans la foule.

Médusée, Jenn la suivit du regard jusqu'à ce qu'elle disparaisse. Qu'avait-elle voulu dire ?

Avec un petit haussement d'épaules, elle reporta son attention sur le carrousel qui tournait au son de son habituelle petite musique aigrelette. Kelly allait les rejoindre pour le déjeuner, entraînant sans nul doute dans son sillage l'inévitable Ryan. Jenn fouilla la foule du regard puis consulta sa montre. Elle s'inquiétait un peu de savoir Zack sur un cheval, bien que sa confiance en Trace fût totale.

Cette idée lui coupa soudain le souffle. C'était vrai. Elle lui faisait confiance et le temps n'y avait rien fait. Il était toujours aussi solide et fiable qu'un roc. Aussi constant que le lever et le coucher du soleil.

La musique s'arrêta, et les grilles du manège s'ouvrirent. Une adorable petite fille se précipita derrière elle, rouge d'excitation.

Rencontrant le regard de Jenn, elle demanda :

— Quel cheval voulez-vous ?

Jenn lui sourit.

— Je n'ai pas l'intention de monter.

La fillette écarquilla ses grands yeux bleus.

— Oh ! Pourquoi ?

Jenn haussa les épaules. Pourquoi pas, en effet ? Elle fureta autour d'elle. Trace n'était toujours pas en vue.

Elle avait toujours adoré les manèges. C'était plus à son rythme que le grand huit ou la pieuvre géante.

Elle sourit de nouveau à sa petite interlocutrice.

— Finalement, tu as raison. Je vais y aller. Quel cheval vas-tu prendre ?

Sans hésitation, l'enfant s'exclama :

— Oh ! Le blanc avec la queue dorée.

Jenn connaissait bien ce cheval. Avec sa petite guirlande de roses roses autour de la selle, c'était aussi son préféré quand elle était petite.

— Je crois que je vais prendre le noir.

Elle s'avança vers la caisse, sortit son porte-monnaie et prit un ticket.

Malgré la ruée collective des enfants, elle atteignit sans trop de mal sa monture, un bel étalon noir figé en plein galop, une jambe projetée en avant et l'autre foulant un sol invisible. La musique reprit, et le cheval de Jenn commença à monter et à descendre doucement. Le soleil faisait miroiter gaiement les médaillons de verre décorant la colonne centrale… Tandis que le manège prenait de la vitesse, Jenn scrutait la masse des promeneurs dans l'espoir d'y apercevoir Trace et son fils.

Et tout à coup, elle les vit — un court instant. Sa gorge se serra d'émotion. Trace faisait tant d'efforts pour Zack ! Elle en était touchée plus qu'elle ne l'aurait cru.

Au tour suivant, Kelly était là, elle aussi, et juste derrière elle se tenait Ryan. Sa nièce paraissait plus heureuse qu'elle ne l'avait été depuis longtemps. Encore deux tours et, à sa grande surprise,

Miranda et son bébé avaient rejoint le petit groupe. Kelly avait dû la prévenir qu'ils étaient tous à la foire pour cette belle journée de clôture.

Une idée frappa alors la jeune femme.

Tous ceux qu'elle aimait étaient là, en train de l'attendre.

Elle aimait Trace. Elle était tombée amoureuse de lui à l'âge de quatorze ans et elle savait maintenant avec certitude qu'elle l'aimerait jusqu'à la fin de ses jours. Des larmes gonflèrent ses paupières. Pourquoi lui avait-il fallu aussi longtemps pour comprendre que tout ce dont elle avait vraiment besoin était là, à Blossom ?

Elle comprenait ce que la diseuse de bonne aventure avait voulu lui dire. En effet, en partant pour Dallas, elle avait perdu quelque chose. Elle avait là-bas un métier et un appartement confortable, mais son cœur et son âme étaient restés à Blossom. C'était cela qu'elle devait découvrir. Qu'il fallait revenir chez elle.

Elle s'essuya les yeux et entendit le rugissement de joie des enfants, puis le tintement joyeux et reconnaissable entre tous des anneaux que le propriétaire du manège venait de suspendre au-dessus des chevaux.

Se hissant sur sa selle, la jeune femme tendit la main et en attrapa un.

Elle se demandait, quelque temps plus tôt, ce qu'il pouvait y avoir de meilleur que de tomber amoureuse pour la première fois. Elle avait sa réponse. C'était de tomber amoureuse pour la dernière.

La course du manège se ralentit, et elle rencontra le regard de Trace. Il tapa sur l'épaule du petit garçon et pointa le doigt dans sa direction.

Elle brandit l'anneau et il sourit.

Le manège s'arrêta, et elle échangea son anneau contre un ticket gratuit.

Jenn tendit le ticket à une fillette dont le visage s'illumina et elle quitta le manège.

Trace l'attendait à la sortie.

— Tu as attrapé un anneau ? Ce doit être ton jour de chance.

Prenant la main de Trace d'un côté et celle de Zack de l'autre, la jeune femme leur sourit.

— Vous n'imaginez pas à quel point !

Jenn étendit le plaid sur l'herbe, le plus loin possible de la foule qui se rassemblait pour assister au feu d'artifice. Elle posa le panier du pique-nique sur un coin. Outre du poulet rôti et de la salade, elle avait apporté du champagne et des fraises.

Elle consulta sa montre. Trace avait promis de venir la rejoindre juste après son service. Elle tira le plaid d'un geste nerveux et vérifia le contenu du panier.

C'était l'une de ces parfaites nuits d'été. L'air était tiède et, dans le ciel clair, une lune énorme venait de se lever sur l'horizon.

Qu'allait-il répondre ? s'interrogea-t-elle pour la centième fois. Il avait dû être tellement blessé par son attitude, huit ans plus tôt. Et si, quand elle ferait sa demande, il décidait que ce n'était pas une si bonne idée, après tout ?

« Cesse de faire l'idiote », morigéna-t-elle.

Il dirait oui.

Il fallait qu'il dise oui.

C'était comme si sa vie en dépendait…

Elle regarda de nouveau sa montre. Il devrait être là, maintenant. Elle lissa encore le plaid et arrangea les plis de sa robe autour d'elle.

Comment faisait-on une demande en mariage à quelqu'un avec qui on était déjà marié ? Fallait-il qu'ils repassent devant l'autel ? Elle se rappelait si peu la brève cérémonie qui les avait unis au

Nouveau-Mexique. Elle était si jeune alors, et si effrayée.

Trace arriva au moment où les premières fusées partaient. Il resta un instant debout devant le plaid, sa tête et ses épaules balayées par des flashs de lumière verte, bleue et rouge.

— Bonsoir, Jenn.

La voix familière effleura la jeune femme comme une caresse. Il se laissa tomber à genoux sur la couverture, lui mit les mains sur les hanches et l'attira vers lui pour un long baiser.

Une nouvelle fusée monta vers le ciel avec un sifflement strident, explosant en une douzaine de fleurs géantes.

Ils se séparèrent enfin, et Trace contempla sa compagne.

— J'ai attendu ce moment toute la journée.

Il sourit et ses dents blanches brillèrent dans la pénombre.

Jenn se hissa vers lui pour un autre baiser.

— Moi aussi.

Puis, ouvrant le panier, elle ajouta :

— As-tu faim ?

Et elle poussa un cri tandis que, la saisissant par la cheville, Trace la faisait tomber de tout son long sur le plaid.

Ses longues mains chaudes remontèrent le long de son mollet, et il lui mordilla l'oreille.

— Je meurs de faim.

Jenn s'efforça de se redresser, mais il pesait de tout son poids sur un pan de sa robe.

— Trace ! Il y a des gens !

Trace lui décocha un clin d'œil taquin.

— Et alors ?

— Alors, vous devez respecter les convenances, shérif.

Se dégageant d'un coup sec en riant, elle retourna à son panier.

— Du poulet ?

Les yeux de Trace se plissèrent.

— Ce n'est qu'un maigre pis-aller. Mais je m'en contenterai. Pour le moment…

Jenn le servit et se servit elle-même. Elle était beaucoup trop nerveuse pour manger, mais elle aimait le voir dévorer à belles dents tandis que des gerbes de lumières inondaient la prairie.

Quand il eut fini, ils s'allongèrent côte à côte sur la couverture.

D'une main lente, Trace caressa les cheveux courts de la jeune femme.

— Te souviens-tu de la dernière fois que nous avons fait ça ?

Elle piqua sa joue d'un baiser.

— Oui…

C'était huit ans plus tôt. La veille du jour où elle avait appris qu'elle était enceinte. Jamais elle n'avait oublié cette nuit-là.

— Ça paraît tellement loin, maintenant…

Trace lui pressa la main.

— Parfois, j'ai l'impression que c'était hier.

Ils regardèrent l'explosion finale, une débauche de fusées multicolores pétaradant et ronflant sur le velours noir de la nuit.

Ils restèrent étendus alors que, par petits groupes, les spectateurs regagnaient le parking.

Se retournant, Trace caressa le visage de sa compagne.

— Tu me retiens ici jusqu'à ce que nous soyons tout seuls pour en prendre à ton aise avec moi ?

Elle secoua la tête.

— Il faut que nous parlions.

Trace se redressa aussitôt.

— Quelque chose ne va pas ?

Jenn s'appuya sur un coude pour voir son visage.

— Ce matin, sur le manège, j'ai compris quelque chose. Je vous regardais, Zack et toi, puis Miranda et ses enfants… et brusquement, une idée s'est imposée à moi. Tout ce que j'aime est ici, à Blossom.

D'abord, il ne dit rien. Jenn ravala la boule d'angoisse qui lui obstruait la gorge.

Puis, avec une douceur infinie, il ramena une mèche de ses cheveux derrière son oreille.

— Et que vas-tu faire de cette idée-là ?

Jenn sourit.

— Eh bien !… J'avais l'intention de te demander en mariage, mais nous sommes déjà mariés. Alors, je ne sais pas trop ce que je dois faire.

Ouvrant les bras, Trace attendit que sa compagne vienne s'y blottir. Puis il la berça doucement contre sa poitrine, au rythme serein de son cœur.

— Jenn ! Si tu savais…

Comment pouvait-elle avoir pensé retourner à Dallas et vivre à jamais sans cet homme ?

Fouillant dans sa poche, Trace en retira une bague, qu'il glissa à l'annulaire de sa main gauche.

— Tu disais que tu ne savais pas trop quoi faire ? Et si tu me demandais si je t'aimerai toujours et prendrai soin de toi jusqu'à la fin de ma vie ?

— Excellente idée.

Elle contempla le simple anneau d'or qui ornait

maintenant son doigt puis posa sa tête sur l'épaule de son compagnon, un immense sentiment de paix l'envahissant peu à peu.

Oui, elle était bien rentrée chez elle.

Pour toujours.

HARLEQUIN

collection Horizon

## PROCHAINS RENDEZ-VOUS LE

## *15 juin 2007*

LA FAMILLE IDÉALE, de Patricia Thayer • n°2115

Quand elle fait la connaissance, sur le tournage d'un film, de Reece McKellen, Emily Hunter est bouleversée : en effet, elle est séduite dès le premier regard par ce cascadeur aussi troublant qu'énigmatique. Et elle sent son cœur fondre de tendresse pour la petite Sophie, la nièce de quatre ans de Reece, que celui-ci a recueillie depuis peu. Pourtant, Reece semble se méfier d'elle, et surtout de ses propres sentiments...

LE BÉBÉ DU HASARD, de Donna Clayton • n°2116

Directrice d'une agence de baby-sitting, Sophie Stanton décide de prendre les choses en main quand un certain Michael Taylor remercie successivement trois des personnes qu'elle avait recrutées pour lui, et menace de ternir la réputation de son établissement. Résolue à satisfaire ce client exigeant, elle lui propose d'aller s'occuper elle-même de la petite Hailey, le bébé d'un mois de Michael...

AU JEU DE L'AMOUR, de Jackie Braun • n°2117

Le jour où elle apprend que Luke Banning, son amour de jeunesse, est de retour à Trillium, où ils ont tous deux grandi, Ali Conlan ne sait comment réagir. Persuadée toutefois qu'elle n'est plus amoureuse de lui, elle accepte de le revoir... Pour s'apercevoir très vite que Luke n'a rien perdu de son pouvoir de séduction...

RÊVES DE BONHEUR, de Roxann Delaney • n°2118

Journaliste pour un magazine de voyages, Meg Chastain a décidé d'enquêter sur le Triple B, un nouvel hôtel qui vient d'ouvrir au Texas, de manière anonyme. Pourtant, quand elle fait la connaissance de Trey Brannigan, le propriétaire des lieux, elle comprend que sa mission s'avérera plus difficile que prévu. En effet, elle ne sait si elle pourra résister bien longtemps au charme de Trey...

Attention, numérotation des livres pour le Canada différente : n°843 au n°846.

Composé et édité par les
*éditions* Harlequin
Achevé d'imprimer en avril 2007

BUSSIÈRE
GROUPE CPI

à Saint-Amand-Montrond (Cher)
Dépôt légal : mai 2007
N° d'imprimeur : 70454 — N° d'éditeur : 12803

*Imprimé en France*